此幅當當作署年乙酉
蓋為公元一九四五年至
生第三十七歲廿年時日
集於京老雪齋翁之
松風草堂弟寫之畫
蒙專京元人不作迄
三石年除派西目功
承指授西學步未能
之覩此幅德培悅什年
一九八六年夏日啟功

此功舊作卅四十年
後為友人拾得於
紙堆中並加裝池元
示增愧乃為淺於睇
首又四年展轉為
大野宜白先生所收
當年習北方樹大
雜堯蒙友好一再什
襲竹麓中片紙首
有年佳迄好公元一九九...
年九月一日啟功再識
於北京京舍

兰竹图　一九四五年作

秋江帆影　约二十世纪四十年代作

旭日东升　二十世纪五十年代作

景怀賢姪
鄭喆同志 結婚留念
一九七九年新春
啓功持贈

竹石圖 一九七九年作

怪石临流水　一九八二年作

启功 ——

著

图一乐

人生就是

启功的人生智慧

光明日报出版社

图书在版编目（CIP）数据

人生就是图一乐：启功的人生智慧 / 启功著.
北京：光明日报出版社，2025.4. -- ISBN 978-7-5194-
8630-3

Ⅰ．Ⅰ267

中国国家版本馆CIP数据核字第2025QL8940号

人生就是图一乐：启功的人生智慧

RENSHENG JIU SHI TU YI LE: QIGONG DE RENSHENG ZHIHUI

著　者：启　功	
责任编辑：徐　蔚	责任校对：孙　展
特约编辑：胡　峰	责任印制：曹　净
封面设计：李果果	

出版发行　光明日报出版社

地　　址：北京市西城区永安路106号，100050

电　　话：010-63169890（咨询），010-63131930（邮购）

传　　真：010-63131930

网　　址：http://book.gmw.cn

E - mail：gmrbcbs@gmw.cn

法律顾问：北京市兰台律师事务所龚柳方律师

印　　刷：天津旭非印刷有限公司

装　　订：天津旭非印刷有限公司

本书如有破损、缺页、装订错误，请与本社联系调换，电话：010-63131930

开　　本：170mm×240mm		印　　张：15.75	
字　　数：180千字			
版　　次：2025年4月第1版			
印　　次：2025年4月第1次印刷			
书　　号：ISBN 978-7-5194-8630-3			
定　　价：58.00元			

目录

辑一

百事从心起
一笑解千愁

我叫启功，字元白，也作元伯，是满洲族人，简称满族人，属正蓝旗。自1931年日本军国主义发动"九一八"事变，在满洲建立伪满洲国后，大多数满洲人就不愿意把自己和"满洲"这两个字联系在一起了。但那是日本人造的孽，是他们侵略了满洲，分裂了中国，这不能赖满洲族人。日本强行建立伪满洲国，想把满洲族人变成"满洲国"人，这是对满洲人的极大侮辱。后来日本又把溥仪弄到满洲，让他先当执政，后当皇帝。如果他从大清皇帝的宝座上退位后，变着法儿地想复辟，重登帝位，那也是他自己的事，与我们满洲人无关；但由日本人扶持，做日本人控制下的傀儡皇帝，那就是对满洲族人的极大侮辱了。溥仪有一个号叫"浩然"，不管他叫溥仪也好，还是叫"浩然"也好，不管他真"浩然"也好，还是假"浩然"也好，这都是他自己的事，与我们无关；但他一旦叫了"满洲国"的皇帝，就与我们有关了。这等于把耻辱强加在所有满洲族人的身上，使他个人的耻辱成为所有满洲族人的耻辱。这是我们所不能允许的，也是我们不能承认的。我们是满洲族，但不是"满洲国"的族；我们是满洲族的人，但不是"满洲国"的人，这是我首先要声明和澄清的。

满洲族的姓很多。满语称姓氏为"哈拉"。很多满语的姓都有对应的汉姓。如"完颜"氏，是从金朝就传下来的姓，音译成汉姓就是"王"；"瓜尔佳"氏，音译成汉姓就是"关"。所以现在很多姓王的、姓关的，都是完颜氏和瓜尔佳氏的后代，当然更多的是原来的汉姓。这也是民族融合的一种体现。我曾写过一篇《谈清代少数民族姓名的改译》的文章，登在《清华大学学报》2002年第4期上，专谈有关这方面的事情。

我既然叫启功，当然就是姓启名功。有的人说：您不是姓爱新觉罗名启功吗？很多人给我写信都这样写我的名和姓，有的还用新式标点，在爱新觉罗和启功中间加一点。还有人叫我"金启功"。对此，我要正名一下。"爱新"是女真语，作为姓，自金朝就有了，按意译就是"金"，但那时没有"觉罗"这两个字。"觉罗"是根据满语 gioro 的音译。它原来有独自的意思。按清制：称努尔哈赤的父亲塔克世为大宗，他的直系子孙为"宗室"，束金黄带，俗称"黄带子"，塔克世的父亲觉昌安兄弟共六人，俗称"六祖"；对这些非塔克世——努尔哈赤"大宗"的伯、叔、兄、弟的后裔称"觉罗"，束红带，俗称"红带子"，族籍也由宗人府掌管，政治经济上也享有特权，直到清亡后才废除。清朝时，把这个"觉罗"当做语尾，加到某一姓上，如著名作家老舍先生，原来姓"舒舒"氏，后来加上"觉罗"，就叫"舒舒觉罗"，而老舍又从"舒舒"中取第一个"舒"字做自己的姓，又把第二个舒字拆成"舍"字和"予"字，做自己的名字，就叫舒舍予。同样，也把"觉罗"这个语尾，加到"爱新"后面，变成了"爱新觉罗"，作为这一氏族的姓。也就是说，本没有这个姓，它是后人加改而成的。再说，觉罗带有宗室的意思，只不过是"大宗"之外的宗室而已，在清朝灭亡之后，再强调这个"觉罗"，就更没有意义了。这是从姓氏本身的产生与演变上看，我不愿意以爱新觉罗为姓的原因。

现在很多爱新氏非常夸耀自己的姓，也希望别人称他姓爱新觉罗；别人也愿意这样称他，觉得这是对他的一种恭维。这实际很无聊。当年辛亥革命时，曾提出"驱除鞑虏，恢复中华"的口号，成功后，满人都唯恐说自己是满人，那些皇族更唯恐说自己是爱新觉罗。后来当局者也认为这一口号有些局限性，又提出要"五族共荣"，形势缓和了一些，但新中国成立后，那些爱新氏，仍忌讳说自己是爱新觉罗，怕别人说他们对已经灭亡的旧社会、旧势力、旧天堂念念不忘。到了"文化大革命"，只要说自己姓爱新觉罗，那自然就是"封建余孽、牛鬼蛇神"，人人避之唯恐不及。"文化大革命"后落实民族政策，少数民族不再受歧视，甚至吃香了，于是又出现以姓爱新觉罗为荣的现象，自诩自得，人恭人敬，形成风气。我觉得真是无聊，用最通俗的话说就是"没劲"。事实证明，爱新觉罗如果真的能作为一个姓，它的辱也罢，荣也罢，完全要听政治的摆布，这还有什么好夸耀的呢？何必还抱着它津津乐道呢？这是我从感情上不愿以爱新觉罗为姓的原因。20世纪80年代，一些爱新觉罗家族的人想以这个家族的名义开一个书画展，邀我参加。我对这样的名义不感兴趣，于是写了这样两首诗，题为《族人作书画，犹以姓氏相矜，征书同展，拈此辞之，二首》：

闻道乌衣燕，新雏话旧家。

谁知王逸少，曾不署琅玡。

半臂残袍袖，何堪共作场。

不须呼鲍老，久已自郎当。

　　第一首的意思是说，即使像王、谢那样的世家望族，也难免要经历"旧时王谢堂前燕，飞入寻常百姓家"的沧桑变化，真正有本事的人是不以自己的家族为重的，就像王羲之那样，他在署名时，从来不标榜自己是高贵的琅玡王家的后人，但谁又能说他不是"书圣"呢！同样，我们现在写字画画，只应求工求好，何必非要标榜自己是爱新觉罗之后呢？第二首的意思是说，我就像古时戏剧舞台上的丑角"鲍老"，本来就衣衫褴褛，貌不惊人，郎当已久，怎么能配得上和你们共演这么高雅的戏呢？即使要找捧场的也别找我啊。我这两首诗也许会得罪那些同族的人，但这是我真实的想法。说到这儿，我想起了一件笑谈：一次，我和朱家溍先生去故宫，他开玩笑地对我说："到君家故宅了。"我连忙纠正道："不，是到'君'家故宅了。"因为清朝的故宫是接手明朝朱家旧业的。说罢，我们俩不由得相视大笑。其实，这故宫既不是我家的故宅，也不是朱家的故宅，和我们没任何关系。别人也用不着给我们往上安，我们也用不着往上攀，也根本不想往上攀。

　　但偏偏有人喜好这一套。有人给我写信，爱写"爱新觉罗·启功"收，开始我只是一笑了之。后来越来越多，我索性标明"查无此人，请退回"。确实啊，不信你查查我的身份证、户口本，以及所有正式的档案材料，从来没有"爱新觉罗·启功"那样一个人，而只有"启功"这样一个人，那"爱新觉罗·启功"当然就不是我了。

要管我叫"金启功"，那更是我从感情上所不能接受的。前边说过，满语"爱新"，就是汉语"金"的意思。有些"爱新"氏在民族融合的过程中，早早改姓"金"，这不足为奇。但我们这支一直没改。清朝灭亡后，按照袁世凯的清室优待条件，所有的爱新觉罗氏都改姓金。但我们家上上下下都十分痛恨袁世凯，他这个人出尔反尔，朝令夕改，一点信誉也不讲，是个十足的、狡诈的政客和独裁者。我祖父在临死前给我讲了两件事，也可以算对我的遗嘱。其中一件就是"你绝不许姓金，你要是姓了金就不是我的孙子"。我谨记遗命，所以坚决反对别人叫我金启功，因为这对我已不是随俗改姓的问题，而是姓了金，就等于是违背了祖训、投降了袁世凯的大问题。至于我曾被迫地、短暂地、在纸片上被冒姓过一回金，那是事出有因的后话。

总之，我就叫启功，姓启名功。姓启有什么不好的呢？当年治水的民族英雄大禹的儿子就叫"启"。所以，我有一方闲章叫"功在禹下"，"禹下"就指"启"。我还有两方小闲章，用意也在强调我的姓，用的是《论语》中曾子所说的两句话："启予手"，"启予足"，意为要保身自重。有一个很聪明的人见到我这两枚闲章便对我说："启先生参加我们的篮球队、足球队吧。"我问："为什么啊？"他说："可以'启予手'，'启予足'啊。"我听了不由得大笑。我很喜欢这几方闲章，经常盖在我的书法作品上。

要说姓，还有一个小插曲。我从来没姓过爱新觉罗，也没姓过金，但姓过一回"取"。原来在考小学张榜时，我是第四名，姓名却写作"取功"，不知我报名时，为我填写相关材料的那位先生是哪儿的人，这位先生"qi""qu"不分，而且不写"曲"，偏写"取"，于是我就姓了一回很怪的"取"，这倒是事实。

我虽然不愿称自己是爱新觉罗，但我确实是清代皇族后裔。我在这里简述一下我的家世，并不是想炫耀自己的贵族出身，炫耀自己的祖上曾阔过。其实，从我的上好几代，家世已经没落了。之所以要简述一下，是因为其中的很多事是和中国近代史密切相关的。我从先人那里得到的一些见闻也许能对那段历史有所印证和补充。现在有一个学科很时髦，叫"文献学"。其实，从原始含义来说，文是文，献是献。早在《尚书》中就有"万邦黎献共惟帝臣"的说法，孔颖达注曰："献，贤也。"孔子在《论语》中也说过："殷礼，吾能言之，宋不足征也，文献不足故也。"朱熹注曰："文，典籍也；献，贤也。"可见，"文"原是指书面的文字记载，"献"是指博闻的贤人的口头传闻。我从长辈那里听到的一些见闻，也许会补充一些文献中"献"的部分。当然，因为多是一些世代相传的听闻，也难免在一些细节上有不够详尽准确的地方。

我是雍正皇帝的第九代孙。雍正的第四子名弘历，他继承了皇位，这就是乾隆皇帝。雍正的第五子名弘昼，只比弘历晚出生一个时辰，当然他们是异母兄弟。乾隆即位后，封弘昼为和亲王。我们这支就是和亲王的后代。

弘字辈往下排为永、绵、奕、载、溥、毓、恒、启。永、绵、奕、载四个字是根据乾隆恭维太后的诗句"永绵奕载奉慈帏"而来的。"奕"有高大美好的意思，全句意为"以永久、绵长的美好岁月来敬孝慈祥的母亲"，也可谓极尽讨好之能事了。溥、毓、恒、启四个字是后续上去的，没有什么讲头。

我们这一支如果从雍正算第一代，第二代即为雍正第五子和亲王弘昼，第三代为永璧，他是和亲王弘昼的次子，仍袭和亲王。同辈的还有四子永瑆（即成亲王）、六子永焕、七子永琨等。第四代叫绵循，他是永璧的次子，仍袭王爵，但由和亲王降为和郡王。第五代为奕亨，他是绵循的第三子，已降为贝勒，封辅国将军。同辈的还有四子奕聪、六子奕瑾、九子奕蕊等。按规定，宗室封官爵多为武衔，不但清朝如此，宋朝、明朝也如此，如宋朝的宗室，高一级的封节度使，次一级的封防御使，都是武职。又如明朝的八大山人朱耷，作为宗室，也是封武职。所以从奕亨那代起，我家虽都封为将军，但只是个虚衔而已。第六代即为我的高祖，名载崇。他是奕亨的第五子，因是侧室所生，不但被迫分出府门，封爵又降至仅为一等辅国将军。同辈的还有四子载容等。传到第七代有三人。次子名溥良，即是我的曾祖，根据爵位累降的规定，只封为奉国将军。他的哥哥叫溥善，是我的大曾祖，弟弟叫溥兴，是我的三曾祖，也都袭奉国将军。第八代共有五人。我的祖父行大，名毓隆，二叔祖名毓盛，三叔祖、四叔祖皆夭折，五叔祖名毓厚，过继给我大曾祖，六叔祖名毓年。第九代即我的父亲，名恒同，是独生子。

如以图表表示，则世系承接关系如下：

一	雍正（清世宗胤禛）	
二	乾隆（清高宗弘历）	和亲王（弘昼）
三	嘉庆（仁宗颙琰）	二子（永璧）
四	道光（宣宗旻宁）	二子（绵循）
五	咸丰（文宗奕詝）	三子（奕亨）
六	同治（穆宗载淳） 光绪（德宗载湉）	五子（载崇）
七	宣统（溥仪）	二子（溥良）
八		长子（毓隆）
九		独长子（恒同）
十		独长子（启功）

我生于民国元年农历六月十三日，即公元1912年7月26日。这是一个风云巨变的年代。

前一年（辛亥年）爆发了辛亥革命，清王朝随之灭亡，中国从帝制走向共和。也就是说，我虽"贵"为帝胄，但从来没做过一天大清王朝的子民，生下来就是民国的国民。所以我对辛亥革命没有任何亲身的感受，只能承认它是历史的必然。1981年纪念辛亥革命七十周年时，有人向我征题，我只能这样写道：

半封半殖半蹉跎，终赖工农奏凯歌。

末学迟生壬子岁，也随诸老颂先河。

辛亥革命之后，中国经历了大动荡的年代："二次革命"、袁世凯称帝、护法战争、军阀混战，中国的共和在艰难中不断前行。

和"国"的命运紧紧相连，我的"家"也在经历着多事之秋。

我的父亲恒同在我刚刚一周岁的时候，即1913年7月就因肺病去世了。当时还不到二十岁，所以我对他一点印象也没有。那是我第一回当丧主，尽管我一点事也不懂。据说，因为父亲尚未立业，没有任何功名，所以不能在家停灵，只能停在一个小庙里，在那里给他烧香发丧。如果说我家由我曾祖、祖父时已经开始衰落的话，那从我父亲的死就揭开迅速衰败的序幕。那时，我祖父虽还健在，但他已从官场上退了下来。我的曾祖和祖父都没有爵位可依靠，都是靠官俸维持生活。清朝的正式官俸是很有限的，所以官员要想过奢侈的生活只能靠贪污，这也正是当时官场腐败的原因之一。但我的曾祖和祖父都很廉洁，再加之所做的多是清水衙门的学官，所以家中并没有什么积蓄，要想维持生活就必须有人继续做官或另谋职业。现在家中惟一可以承担此任的人，在还没有闯出任何出路时，突然去世了，这无疑有如家中的顶梁柱突然崩塌，无论在经济上、精神上都给全家人巨大的打击。

首当其冲的当然是我的母亲。她在娘家就是孤单一人，后来还不得不寄居在别人家。好不容易盼到有了自己的家和自己的亲人，不管我父亲日后能取得多大的功名和事业，能挣多少钱，总算有一个踏踏实实的依靠，现在这个属于自己的依靠突然又没了，又要过一种新的寄人篱下的生活：公婆当然不会让她饿着、冻着，特别是又为他们生下了一线单传的孙子，但每月能得到的至多是几吊钱，而面临的将是无边的孤独与苦难，那日子的悲惨与艰辛是可想而知的。于是她首先想到的是死，哭着喊着要自杀，我的祖父怎么劝，她也不听，最后只能用我来哀求她："别的都不想，得想想自己的儿子、我的孙子吧，他还得靠你抚养成人啊！"这样她才最终放弃了一死了之的念头，决心为我而苦熬下来。

一个家族到了这份上，往往会发生一些怪现象。当然，如果仔细追究，这些现象可能都有一定的缘由，但问题是，到了那份上，恐惧笼罩在每一个人心头，谁也顾不上、来不及去追究了。正如《红楼梦》在描写宁国府衰败时有一段奇异现象的描写，写得鬼气拂拂（按：原文如下）：

（中秋夜）贾珍……在汇芳园丛绿堂中，带着妻子姬妾……开怀作乐赏月。将一更时分，真是风清月白，银河微隐。……那天将有三更时分，贾珍酒已八分，大家正添衣喝茶，换盏更酌之际，忽听那边墙下有人长叹之声。大家明明听见，都毛发悚然。贾珍忙厉声叱问："谁在那边？"连问几声，无人答应。……一语未了，只听得一阵风声，竟过墙去了。恍惚闻得祠堂内隔扇开阖之声，只觉得风气森森，比先更觉凄惨起来。看那月色时，也淡淡的，不似先前明朗，众人都觉毛发倒竖。……次日……细察祠内，都仍是照旧好好的，并无怪异之迹。……

我想读者看了这段描写，谁也不会认为曹雪芹在这里宣扬迷信。我听说，我父亲死后家里也出现了一些怪异的事，也请读者能正确理解：这些事说明我们家那时紧张到什么程度。

我们当时住在什锦花园一个宅子的东院，我父亲死在南屋。南屋共三间，西边有一个过道。我父亲死后谁也不敢走那里，老佣人要到后边的厕所，都要结伴而行。据她们说，她们能听到南屋里有梆、梆、梆敲烟袋的声音，和我父亲生前敲的声音一样。还有一个老保姆说，我父亲死后的第二天早上，她开过我父亲住的屋子，说我父亲生前装药的两个罐子本来是盖着的，不知怎么，居然打开了，还有好几粒药撒在桌上，吓得她直哆嗦。也难怪她们，因为这个院里，除了襁褓中的我，再没有一个男人了。于是我母亲带着我们搬到我二叔祖住的西院，以为那边有男人住，遇事好壮壮胆。我二叔祖很喜欢我父亲，他住在这院的北屋。搬去的那天晚上，他一边喝酒，一边哭，不断地喊着我父亲的名字："大同啊，大同啊！"声音很凄惨，气氛更紧张。到了夜里，有人就听到南屋里传来和弄水的声音，原来那里放着一只大水桶，是为救火准备的，平时谁也不会动它。后来一件事更奇怪。我二叔祖有一个孩子，我管他叫五叔。他的奶妈好好地忽然发起了疯癫，裹着被褥，从床上滚到地上，嘴里还不断念叨着："东院的大少爷（指我父亲）说请少奶奶不要寻死。还说屋里柜子的抽屉里放着一个包，里边有一个扁簪和四块银元。"我母亲听了以后，就要回东院找，可别人都吓坏了，拦着我母亲，不让去。我母亲本来是想自杀的，连死都不怕，这时早就豁出去了，冲破大家的阻拦，按照奶妈说的地方，打开一看，果然有一个扁簪和四块银元，跟着看的人都面面相觑，不知所措。其实出现这些怪现象必然有实际的原因，只不过那时大家的心里都被恐惧笼罩着，一有事就先往怪处想，自己吓唬自己，风声鹤唳，草木皆兵了，而这正是一个家族衰败的前兆。我从小就是在这种环境和气氛中成长的。

　　大概与这种心理和氛围有关，我三岁时家里让我到雍和宫按严格的仪式磕头接受灌顶礼，正式皈依了藏传佛教，从此我成了一个记名的小僧人（后来还接受过班禅大师的灌顶）。我皈依的师傅叫白普仁，是热河人。他给我起的法号叫"察格多尔札布"。"察格多尔"是一个佛的徽号，"札布"是保佑的意思。藏传佛教是由莲华生引入的藏传密教，所谓"密"，当然属于不可宣布的神秘的宗派，后来宗喀巴又对它进行了改革，于是有宁玛派、格鲁派之别：原有的称宁玛派，改革后的称格鲁派。宁玛派一开始就可学密，格鲁派六十岁以后才可学密。宁玛派不禁止男女合和，这和西藏当地的原始宗教相合，格鲁派在这方面就比较严格了。我皈依的是格鲁派，随师傅学过很多经咒，至今我还能背下很多。

我记忆中师傅的功德主要有两件。一是他多年坚持广结善缘，募集善款，在雍和宫前殿铸造了藏传佛教格鲁派的祖师宗喀巴的铜像。这尊佛像至今还供奉在那里，供人朝拜。二是在雍和宫修了一个大悲道场，它是为超度亡魂、普度众生而设立的，要念七七四十九天的《大悲咒》，僧人、居士都可以参加，我当时还很小，也坐在后面跟着念，有些很长的咒我不会念，但很多短一点的咒我都能跟着念下来。一边念咒，一边还要炼药，这是为普济世人的。我师傅先用笸箩把糌粑面摇成指头尖大小的糌粑球，再放在朱砂粉中继续摇，使它们挂上一层红皮，有如现在的糖衣，然后把它们用瓶子装起，分三层供奉起来，外面用伞盖盖上。这是格鲁派的方法，宁玛派则是挂一层黑衣。那四十九天，我师傅每天晚上就睡在设道场的大殿旁的一个过道里，一大早就准时去念咒，一部《大悲咒》不知要念多少遍。因为这些药都是在密咒中炼成的，所以自有它的"灵异"。那时我还小，有些现象还不知怎么解释，但确实是我亲自所见所闻：有一天，赶上下雪，我在洁白的雪上走，忽然看到雪地上有许多小红丸，这是谁撒的呢？有一位为道场管账的先生，一天在他的梅花盆里忽然发现一粒红药丸，就顺手捡起，放在碗里，继续写账，过一会儿，又在梅花盆里发现一粒，就这样，一上午发现了好几粒。等四十九天功德圆满后，刚揭开伞盖，一看，满地都是小红丸，大家都说别捡了，三天以后再说吧。那些地上的小红丸大家都分了一些，我也得了一些。这些药自有它们的"法力"（药效），特别是对精神疾病和心理疾病。我小时候还听说过这样一件事：溥雪斋那一房有一位叫载廉（音）的，他的二儿媳有一段时间神经有点不正常，颠颠倒倒的，他们就把我师傅请来。师傅拿一根白线，一头放在一碗水里，上面盖上一张纸；一头拈在自己手里，然后开始念咒。念完，揭开纸一看，水变黑了，让那位二儿媳喝下去，居然就好了。

我道行不高，对于宗教的一些神秘现象不知该如何阐释，也不想卷入是否是伪科学的争论。反正这是我的一些亲眼、亲耳的见闻，至于怎样解释，我目前很难说得清，但我想总有它内在的道理。其实，我觉得这些现象再神秘，终究是宗教中表面性的小问题。往大了说，对一个人，它可以陶冶人的情操修养。我从佛教和我师傅那里，学到了人应该以慈悲为怀，悲天悯人，关切众生；以博爱为怀，与人为善，宽宏大度；以超脱为怀，面对现世，脱离苦难。记得我二十多岁时，曾祖母有病，让我到雍和宫找"喇嘛爷"求药。当时正是夜里，一个人去，本来会很害怕，但我看到一座座庄严的庙宇静静地矗立在月光之下，清风徐来，树影婆娑，不知怎地，忽然想起《西厢记》张生的两句唱词："梵王宫殿月轮高，碧琉璃瑞烟笼罩。"眼前的景色，周围的世界，确实如此，既庄严神秘，又温馨清爽，人间是值得赞美的，生活应加以珍惜。我心里不但一点不害怕，而且充满了禅悟后难以名状的愉悦感，这种感觉只会产生于对宗教的体验。

对一个多民族、多宗教的国家，正确处理好宗教问题大大有利于国家的安定、人民的团结、民族的和睦。我认识一位宗教工作者，叫刘隆，曾任民委办公厅主任，他是一位虔诚的穆斯林。同时他又做班禅的秘书，协助班禅工作，关系处理得非常好，班禅非常信任他。他对其他宗教也非常尊重，绝不作任何诽谤，一切从维护国家和民族的团结安定与共同利益出发。从他身上我们可以看出，真正的宗教徒并不受本宗教的局限，他的胸怀应该容纳全人类。如果所有的宗教工作者都能做到这一点，我想世界就会太平得多。当然，还有一位我特别尊重的宗教工作者，那就是赵朴初老。

再说我的师傅。他在六十多岁时生病了，就住在方家胡同蒙汉佛教会中"闭关"，不久就圆寂了。圆寂后在黄寺的塔窑进行火化。按藏传佛教格鲁派的规定，火化时，要把棺材放在铁制的架子上，棺材上放一座纸糊的塔，铁架下堆满劈柴，下面装着油。火化时只要点燃油即可。全过程要三天。他的徒弟中有一位叫多尔吉（藏语"金刚杵"之意）的，最后把师傅的遗骨磨成粉，搀上糌粑和酥油，刻成小佛像饼，分给大家，我也领了一份，至今还保留在我的箱底里。别的宗派也有这种习惯，五台山的许多高僧大德死后也如此，别人也给过我用这些高僧大德的骨灰刻的佛像饼。

总之，自从皈依藏传佛教后，我和雍和宫就结下不解之缘。我每年大年初一都要到雍和宫去拜佛。在白师傅圆寂很久后的某一年，我去拜佛，见到一位八十多岁的老僧，他还认得我，说："你不是白师傅的徒弟吗？"直到今年，两条腿实在行动不便才没去，但仍然委托我身边最亲信的人替我去。现在雍和宫内有我题写的一幅匾额和一副长联。匾额的题词是"大福德相"，长联的题词是"超二十七重天以上，度百千万亿劫之中"，这都寄托了我对雍和宫的一份虔诚。

我从两三岁时起，有时住在河北省的易县。原来，我曾祖从察哈尔都统任上去职后，为表示彻底脱离官场，便想过一种隐居的生活。他有一个门生叫陈云诰，是易县的大地主、首富。他曾在我曾祖做学政时，考入翰林，后来又成为著名的书法家，写得一手好颜体，丰满遒劲，堂皇大气，直到新中国成立后，一直在书法界享有盛誉。他愿意接待我的曾祖及后代，于是我也常随祖父到易县小住。至今我还会说易县话。现在由北京到易县用不了两小时，但那时要用一天，坐火车先到高碑店，然后再坐一种小火车到易县。我从小身体不好，经常闹病。而易县多名医，因为很多从官场上退下来的老官僚都喜欢退居那里，于是有些名医便在那里设医馆，专门为他们看病。其中有一家很著名的孔小瑜（音，著名中医孔伯华的父亲）医馆，祖父便乘机常带我到那儿去看病，吃了不知多少服药，有时吃得呕吐不止，但始终不见有什么明显效果，他们反而说我服药不当，违背了药性。所以从小时起，我就对中医不感兴趣。

晚年回忆儿时的这段经历，我曾写过一首对中医近似戏谑的诗：

幼见屋上猫，啖草愈其病。

医者悟妙理，梯取根与柄。

持以疗我羸，肠胃呕欲罄。

复诊脉象明："起居违药性。"

现在有人捧我为国学大师，他们认为既然是国学大师，一定深信国医，所以每当我闹病时，总有很多人向我推荐名中医、名中药，殊不知我对此一点兴趣也没有。经过长期的总结，我得出两条经验：在中医眼里没有治不好的病，哪怕是世界上刚发现的病；在西医眼里没有没病的人，哪怕是体魄再健壮的人。当然，这仅是我的一己之见，我并不想、也无权让别人不信中医。

○

有一次，一个地产商做活动准备好了笔墨纸砚，缠着启功先生非得让先生给楼盘题词，启先生脸一沉，道："你准备好了笔，我就一定得写吗？那你准备好棺材，我还往里跳啊？"一句话，在场的人都乐了。

○

有人来访，见到启先生就说："您老精神真好，一定会长命百岁的。"先生立即反问道："您姓阎吗？"问得来人一时摸不着头脑。先生又徐徐道来："阎王爷才知道我能活多大，您怎么也知道？"说得来人与在座的都笑了起来。

廿一世纪

鸿图更始

祖国山河

繁荣似锦

一九九九年
国庆之喜
瞻望前程
并书此颂
启功时年
八十又七

贺国庆五十周年　一九九九年作

我十二岁才入正规的小学,但这不等于说我十二岁才学文化。我的启蒙老师是我的姑姑和我的祖父。

我对姑姑非常尊敬,旗人家没出嫁的姑娘地位很高,而我姑姑又决心终身不嫁,帮助我的寡母抚养我,把自己看成支持这个家的"顶梁柱""男人",所以我一直管她叫爹爹。作为家长,她明白,要改变我和我家的窘状,首先要抓对我的教育和培养,使我学有所成。我姑姑虽然没有太高的文化,但还是想尽一切办法,尽力教我一些简单的知识,比如把常用字都写在方寸大的纸片上,一个个地教我读写,有如现在的字卡教学,虽然不十分准确,但常用字总算都学会了。

我的祖父特别疼爱我,他管我叫"壬哥"。我从小失去父亲,所以他对我的教育格外用心。我祖父的字写得很好,他又把常用字用漂亮标准的楷书写在影格上,风格属于欧阳询的九成宫体,我把大字本蒙在上面,一遍一遍地描摹,打下了日后学习书法的基础。这些字样我现在还留着。他还教我念诗。至今我还清楚地记得他用一只手把我搂在膝上,另一只手在桌上轻轻地打着节拍,摇头晃脑地教我吟诵东坡《游金山寺》诗的情景:

我家江水初发源,宦游直送江入海。

闻道潮头一丈高,天寒尚有沙痕在。

中泠南畔石盘陀,古来出没随涛波。

…………

江山如此不归山，江神见怪惊我顽。

我谢江神岂得已，有田不归如江水！

　　他完全沉醉其中，我也如此，倒不是优美的文辞使我沉醉，因为我那时还小，并不理解其中的含义，我祖父也不给我逐句逐字地解释，但那抑扬顿挫的音节征服了我，我像是在听一首最美丽、最动人的音乐一样，这使我对诗产生了浓厚的兴趣。如果说我日后在诗词创作上取得了一定成绩，那么，可以说是诗词的优美韵律率先引领我走进了这座圣殿。当然随着学历与阅历的增加，我对这样的诗也都有了深刻的理解，所以这些诗我至今仍能倒背如流。祖父所选的诗有时显然带有更深的寓意。我记得他教我读过苏轼的《朱寿昌郎中，少不知母所在，刺血写经，求之五十年，去岁得蜀中，以诗贺之》：

嗟君七岁知念母，怜君壮大心愈苦。

羡君临老得相逢，喜极无言泪如雨。

不羡白衣作三公，不爱白日升青天。

爱君五十著彩服，儿啼却得偿当年。

⋯⋯⋯⋯⋯

　　这首诗后面还有很多典故，前面的这些描写与我的具体情况也不尽相合，但祖父的用心是非常明显的，我也是十分清楚的，就是叫我从小知道当母亲的不易，应该一直热爱母亲。这样的诗，我怎敢不终身牢记呢？

还有对我产生深刻影响的，就是他经常让我看他画画。我至今还清楚地记得当时的情景和感触：他随便找一张纸，或一个小扇面，不用什么特意的构思安排，更不用打底稿，随便地信手点染，这里几笔，那里几笔，不一会儿就画好一幅山水或一幅松竹。每到这时，我总睁大眼睛，呆呆地在一旁观看，那惊讶、羡慕的神情，就像所有的小孩子看魔术表演一样，吃惊那大活人是怎么变出来的。在我幼小的心灵里，我觉得这是一件最令人神往、最神秘的本领。因此从小我就萌发要当一个画家的想法。我想，能培养人的兴趣，激活人的潜质，激励人的志向的教育才是最成功的教育。我虽然没有直接跟我祖父学绘画的技巧和笔法，但我学到了最重要的一点——爱好的发现和兴趣的培养，这是最重要的，这就足够了。

除了接受家庭教育之外，上小学之前，我也读过旧式私塾。先在后胡同一亲戚家的私塾里跟着读，后来又跟着六叔祖搬到土儿胡同，对面是肃宁府，那里也设过私塾，我在那儿也读过。当时那里有一个教四书五经的，一个教英语的，也称得上是"中西合璧"了。但我们家属于旧派，不能跟着念外语，学洋学。进私塾先拜"大成至圣先师孔子之位"，还要拜主管文运的魁星。一般的教学过程是先检查前一天让背的背下没有，背下来的就布置点新内容接着背，没背下来的要挨打，一般打得都不重，有的不用板子，就用书，然后接着背，直到背会为止。小孩子的注意力不能长期集中，背着背着就走神发愣，或说笑玩耍起来，这时老师就会大声地斥责道："接着念！"那时，我属于年龄最小的，只好从《百家姓》读起，比我年龄大的就可以读"四书""五经"了。有时，我看他们背得挺热闹，便模仿着跟他们一起背，但又不知道词儿，就呜噜呜噜地瞎哼哼。这时，老师就过来拿书照我的头上轻轻地打一下，训斥道："你背的这是什么啊？净跟着瞎起哄！"诸如此类的淘气事，我也没少干过。不过，有的老师也懂得"教学法"。我有两个叔叔，一个用功，背得很好，净得老师夸奖；一个不用功，背不下来，净挨罚。老师就指着他对我说："你看，像他那样不用功，怎么背得下来，就得挨罚！"这种现身说法，有时还真对我有些激励作用，但日久天长也就失效了。

我十岁那年，是家中生活最困难的时候。大年三十夜，我的曾祖去世，按虚岁，刚进七十。本应停灵二十一天，但到第十八天头上，我那位吃错药的二叔祖也死了（见前），结果只停了三天，就和我曾祖一起出殡了，俗称"接三"。而在我曾祖死后的第五天，即大年初四，他的一位兄弟媳妇也过世了。三月初三，我续弦的祖母又死去，七月初七我祖父也病故。不到一年，我家连续死了五个人，而且都是各人因各人的病而死的，并非赶上什么瘟疫，实在是有些奇怪，要说凑巧，也不能这么巧啊！如果说十年前，父亲的死揭开了我家急速衰败的序幕，那么这一年就是我家急速衰败的高潮。我真正体会到什么叫"呼啦啦如大厦倾"，什么叫"家败如山倒"，什么叫"一发而不可收拾"。我们不得不变卖家产——房子、字画，用来发丧，偿还债务，那时我家已没有什么特别值钱的东西了，我记得卖钱最多的是一部局版的"二十四史"。十年前我父亲死，我是孝子，现在曾祖死，我是"齐衰（zīcuī）五月曾孙"，即穿五个月的齐衰丧服——一种齐边孝服。祖父、祖母死，我是独长孙，在发丧的时候，我都要做丧主、"承重孙"，因此我在主持丧事方面有充分的经验。但这对于一个十岁的孩子，精神上的负担和打击也过于沉重了！

凡没落的封建大家庭有一个通病——老家儿死后，子孙都要变着法儿地闹着分财产。我家虽已是山穷水尽了，但也不能免此一难。发难的是我的六叔祖，他的为人实在不敢恭维，我曾祖活着的时候常骂他"没来由"。他找上门来，兴师问罪，对我祖父说："父亲死后，母亲（续弦的）把家中值钱的东西都变卖了，钱都归了你们大房，这不行。"我祖父气坏了，向他连解释带保证，说："母亲什么东西也没给我们留下，我也从来不问她财产的事，更不用说私下给我们钱了。"我六叔祖还不依不饶，指着祖父屋里墙上挂的一张画说："这张画不就是值钱的古玩字画吗？"这可真应了我曾祖的那句话："没来由。"这张画挂在那儿不止一两年了，又不是现在才分来的。再说，大家都知道它是一张仿钱谷的赝品，而且赝得没边儿。我祖父气愤地向他嚷道："你要是觉得它值钱，你就拿走好了！"我六叔祖还真的让跟着来的手下人蹬桌子上板凳地给摘走了。手下人摘走后，就剩下我祖父和我六叔祖两个人，我祖父气得直哆嗦，指着他发誓道："我告诉你，你就有一个儿子，我就有一个孙子。如果我真的私吞了财产，就让我的孙子长不大；如果我没私吞财产，你就是亏心，你的儿子也不得好死！"在那个时代，亲兄弟俩，特别是每家只有一个独苗时，设下如此恶咒，真是豁出去了，不是争吵到极点，绝不会发这样的毒誓。后来，我祖父就因此而一病不起，七个月后也故去了。这七个月里，他动不动就哆嗦，这显然是和我六叔祖争吵后落下的病根。他死在安定门内的方家胡同。临死前，还特意把我叫到床前叮嘱了两件事：一件就是告诉我如何跟我六叔祖吵架打赌，意在勉励我以后要自珍自重，好自为之；另一件就是叮嘱我"绝不许姓金，你要是姓了金就不是我的孙子"。我都含泪一一记下了。

不到一年连续死了这么多人，但对我打击最大、最直接的是祖父的死。我父亲的死，使我母亲和我失去了最直接的指望，但好在还有我祖父这层依靠，他冲着自己惟一的亲孙子，也不能不照管我们孤儿寡母。现在这层依靠又断了，而且整个家族确实到了山穷水尽的地步。我们生活的最基本保证——吃饭和穿衣都成了最实际的问题。也许真的是天无绝人之路吧，这时出现的真情一幕让我终生难忘。

原来，我祖父在做四川学政时，有两位学生，都是四川人，一位叫邵从熄，一位叫唐淮源。他们知道我家的窘况后，就把对老师的感激，报答在对他遗孤的抚养上。他们带头捐钱，并向我祖父的其他门生发起了募捐，那募捐词上的两句话至今让我心酸，它也必定打动了捐款人："孀媳弱女，同抚孤孙。"孀媳是指我的母亲，弱女是指那没出嫁、发誓帮助我母亲抚养我的姑姑。结果共募集了两千元。邵老伯和唐老伯用这两千元买了七年的长期公债，每月可得三十元的利息，大体够我们一家三口的基本花销了。而邵老伯和唐老伯就成了我们的监护人。我祖父死后，家族里的人，觉得家里没个男人，单过有困难，便让我们搬到我六叔祖那里，我们虽然不喜欢他，但也不好回绝族里的好意，便搬过去单过。邵老伯和唐老伯也不把公债交给我六叔祖，一开始每月还带着我六叔祖和我一起去取利息，表明他们秉公从事，只起监护作用，后来就只带我一个人去。我从十一岁到十八岁的生活来源以至学费靠的就是这笔款项了。邵、唐二位老伯不但保证了我们的经济来源，而且对我的学业也十分关心。邵老伯让我每星期都要带上作业到他家去一趟，当面检查一遍，还不时地提出要求和鼓励。有时我贪玩儿，忘了去，他就亲自跑上门来检查。我本来就知道上学的机会来之不易，再加上如此严格的要求，岂敢不努力学习。唐老伯那时经常到中山公园的"行健会"跟杨派太极拳的传人杨澄甫练习太极拳，我有时也去，唐老伯见到我总关切地询问我的学业有什么进步。一次，我把自己刚作的、写在一个扇面上的四首七律之一呈给他，诗题为《社课咏春柳四首拟渔洋秋柳之作》：

如丝如线最关情，斑马萧萧梦里惊。

正是春光归玉塞，那堪遗事感金城。

风前百尺添新恨，雨后三眠瘦宿醒。

凄绝今番回舞袖，上林久见草痕生。

这首诗写得很规整，颇有些伤感的味道，不料，唐老伯看到我的诗有了进步，竟感动地哭了，一边哭，一边说："孙世兄（这是他对我客气的称呼）啊，没想到你小小的年龄就能写出这样有感情的好诗，你祖父的在天之灵也会高兴的。不过，你不要太伤感了，你要保重啊。"听了他的一番话，我也感动得潸然泪下，那情景今天还历历在目。这都激励我要更好地学习，来报答他们。邵老伯和张澜是同乡，他学佛、信佛，主张和平，有点书呆子气，后来也成为一位著名的民主人士。为和平建国之事，他曾和蒋介石发生过激烈的争吵，气得蒋介石直拍桌子，说他是为共产党说话，为此，他又气，又急，又怕，不久就病死了。邵老伯有两个儿子，一个叫邵一诚，一个叫邵一桐，邵一桐也笃信佛教，自己印过《金刚经》，还给我寄过两本，现在都在成都工作。而唐老伯的结局很悲惨，解放战争中，在四川竟失踪了，不知是死于战乱，还是死于其他原因。成为美谈的是，邵一桐后来和唐老伯的女儿，当时大家都管她叫唐小妹，结为夫妻，生有两个孩子，其中的邵宁住在北京，他秉承了祖父、父亲的信仰，对佛学也有很深的修养。我还在某年的春节去看望过他们。后来我听说邵一诚先生得了病，便两次特别嘱托四川来的朋友给他捎去一些钱表示慰问。

我十二岁才入小学，在入学前还发生过一件近似闹剧的事情，这也能从侧面反映出当时的社会状况，不妨说一说。

1924年，冯玉祥率部发动北京政变，按优待条件在故宫内苟延残喘的宣统小王朝，面临随时被扫地出门的命运。溥仪和他的一帮遗老这时虽仍生活在故宫里，继续在弹丸的高墙之内称帝，实际上一点权力都没有了，只能管理他的宗室了。虽然还设有宗人府，而地点却在美术馆西南一带，即后来的孔德中学的东厢房。当时宗人府的左司掌印叫奕元，他查我家档案，知道我曾祖、祖父因下科场而主动放弃了封爵，我父亲死得又早，还来不及封爵号，看我可怜，趁着现在还没被赶走，掌点权，便让我袭了爵号，封我一个三等奉恩将军。这当然是有名无实的虚名，一文钱、一两米的俸禄都没有，只是趁着宗人府还没被吊销，抓紧时间滥行权力罢了。看来"有权不用，过期作废"的观念早已有之。我当时为这件事还去了一趟宗人府，见到了三堂掌印，掌正堂的是载瀛，算是履行了手续。冯玉祥逼宫后，溥仪连故宫也待不下去了，跑到了天津，他手下的宗人府所封的封号本来就是一纸空文，现在自然更是空头支票。但这张诰封实在有意思：它是丝织的，一段红，一段绿，和清朝原来的诰封形式完全一样。上面的内容大致是，根据优待条件，启功应袭封三等奉恩将军。任命的内容虽是宗人府的，盖的大印却是民国大总统徐世昌的，真叫文不对题，不伦不类。我本来一直保留着它，这绝不是我留恋那个毫无价值的三等将军，而是它确实是一件打上了特殊年代的烙印、具有特殊历史意义的文物。但在"文化大革命"时，我不敢不把它烧掉，因为如果让红卫兵抄出来，那我的罪过就不仅是要复辟资本主义，而是要复辟封建主义了。

我十二岁才入小学，之后又入中学。其间平平淡淡，没有留下什么特别的印象，甚至有些起止升转的过程、细节都记不清了。所幸有热心的朋友找到了我读小学和由小学升中学的文凭。文凭所记当是最准确的。我上的是马匹厂小学，它属于汇文学校，是汇文的一所附属小学。在"北京汇文学校"小学的"入学愿书及证书"上，附有小学"校长证明书"，证明书是这样写的："兹有学生启功自民国十三年正月至十五年六月曾在本校肄业，领有毕业证书，所有该生在校成绩今据实照表填写，品行尚为端正，特此证明并介绍直接升入贵校，即致北京汇文学校查照。"可见我上小学的准确时间是从1924年1月到1926年6月，也就是说，我读小学是由四年级第二学期插班开始，直到小学毕业，然后于1926年升入中学。在这份证明书上，为我具保的是自来水公司职员张绍堂。而证明书一侧有声明"介绍直接升入本校只限曾在本校注册之学校"，可见马匹厂小学当是汇文注册的附属小学。而在北京汇文学校中学"入学愿书及证书"上，填写我的年龄是十五岁，欲入的年级为"初级第二年"，因小学六年级已含有初一的课程，所以我在读中学时又跳了一级。而在这份证书上填写的家长是我的姑姑恒季华，足见我姑姑在我家的地位，而为我具保的则变为自来水公司的经理周实之。

　　热心的朋友又找到了汇文学校"辛未（1931年）年刊"上我写的"一九三一级级史"一文，这篇文章是因为"高级三年征记，爰为是文"。大概我的古文写得比较好吧，所以大家推选我代表全年级来写这篇级史，这并不偶然，因为当时我正随戴绥之先生学习古文（见后）。在谈到中学教育的重要性时，我这样说：

> 英才之育，尤为国政导源。然小学始教，要在广施；而大学专攻，非能遍及。是以进德之基，深造之本，舍中学其焉归。入学既久，效已可睹，成兹九仞之山，端惟一篑之积，则高级三年，诚难忽视也。

我在高中读的是商科，对商科的重要性，我是这样认识的：

> 至于商科，货殖是究。鸱夷用越，阳翟得秦。谁曰居积可鄙，庶与管仲同功。

"鸱夷用越"是指范蠡在越国经商致富的事情，"阳翟得秦"是指吕不韦因经商而取得秦国政柄的事，管仲则是战国时著名的政治家。对于风华正茂的青年学子及其昂扬热情，我是这样形容的：

> 此三科中，数十百人。奇才杰出者，不可胜计，而成绩因之斐然可观矣。每见课余之暇，三五相聚于藏书之室，切磋琢磨，同德共勉，为五年率。攘攘熙熙，相观而善。暇则或为指陈当务之文，或作坚白纵衡之辩；或出滑稽梯突之言，或好嬉笑怒骂之论，往往有微旨深意，寓于其间。

我虽为高三年级作了这篇级史，但遗憾的是我并没有在汇文中学正式毕业，只是肄业而已。原因是这样的：我小时候念了几年私塾，当时家里不准我学英文，我上小学、中学又都是插班，所以英语成绩比较差，越念到后来越吃力。当时我有一个同班好友叫张振先，他的英语特别好，同学经常找他帮忙"杀枪"，也就是现在所说的当"枪手"——谁的作业不会了，就请他写。高二那一年的英语考试，我估计自己不行，也请他为我做一回"枪手"。可那一回他有点犯懒，替我做时没太下功夫，内容和他自己的卷子差不多。老师"很高明"，一看便说，这两篇雷同，不行。他还算手下留情，说起码要在第二年重写一篇，否则不能及格。当时我正一心一意、聚精会神地随戴绥之先生学习古文，全部的兴趣和精力都在那方面，对英语一点兴趣也没有，别说第二年了，就是第三年我也写不出，于是我也就不管什么毕业不毕业了。

为此，我有点对不起我的另外一个恩人——周九爷周学辉先生，也就是为我提供中学担保的那位自来水公司经理周实之先生（为我提供小学担保的张先生是他的属员）。他也是我曾祖的门生，他的父亲叫周馥（字玉山），是李鸿章的财务总管，家里很有钱，后来生活在天津。我曾祖死后，他还坚持来看望我们。每次到北京，必定来看我的曾祖母，他一直称她为"师母"；我曾祖母也必定留他吃饭，关系很好。周老先生表示愿意资助我一直念下去，直至大学，以至出国留学。这样一来，我就辜负了他的美意。但他善良的愿望其实并不合实际。即使我英语及格了，将来能留学了，那谁管我的母亲和姑姑啊？我不是一个人吃饱全家不饿的人啊！我家还有两个亲人，她们把我拉扯大，现在是反过来需要我照顾、抚养她们了。我当初为什么选择商科？还不是觉得它和就业、赚钱关系更直接吗？而我为什么那么努力地跟戴绥之先生学习古文？就是因为后来我发现商科不适合我，我要学点适合我的真本事，并靠它找点工作，谋份职业，养家糊口，生活下去。所以到了高三，我也没再补考，中途辍学了。而我家和周九爷的关系却一直保持下去，他帮助过我三叔、六叔谋过职。后来我到辅仁大学工作，当了副教授，还特意到天津去看望他，他还热情地请我吃饭。说来也巧，周九爷的孙辈周骙良、周骆良、周骘良（后改为周之良）后来都在北京师范大学工作，我们的关系一直处得很好。

后来张振先到英国留学去了，解放后回到中国。在困难时期，因为我们都是市政协委员，可以享受一点优待——每星期六、星期日到欧美同学会那儿去打打牙祭，顺便聚会一下。聚会时，还常回忆这次"杀枪"事件，以及一些其他趣闻，这里权作汇文随感和汇文逸事说说吧。

回想中小学生活，虽然平淡无奇，但这种开放式的、全方位的现代教育还是给我留下很深的印象。我觉得它确实比那种封闭式的、教学内容相对保守单一的私塾教育进步得多。最主要的是这种教育为孩子身心的自然发展提供了远比旧式教育广阔得多的空间。别的不说，活泼、好动、调皮、淘气是孩子的本性，而这种本性在私塾教育中往往被扼杀了，但在新式学校里，大家地位平等，同声相应、同气相求，成群结伙，又有充分的空间去发挥，这些本性就可以得到释放。教我们英文的老师叫巴清泉，他判作业和阅卷时的签字一律用CCPA。他是一个基督徒（汇文是基督教学校），对同学们一些不太符合基督教的言行，一律斥为迷信。我们就故意气他，他上课时，有人就在装粉笔末的纸盒里插上三根筷子当香烧，还在他快进教室时一起怪声怪调地把CCPA念成"sei—sei—ba"，好像是在说汉语的"塞啊——塞啊——叭！"要说迷信，应该是汇文的牧师刘介平。他有三个儿子，他不喜欢大儿子，而喜欢小儿子。先是小儿子不幸得病，他整天为他祈祷，还是死了。他把儿子的棺材停在亚斯立堂（在当时的慕贞女中内）的讲台下，向基督虔诚地祷告："我的儿子被主接走了。"后来，他的二儿子又得病，死了，他又如此安排祷告一番。不久，他大儿子又病倒了，这回他把他送进医院，很快就治好了。大家都说这才是迷信。

还说我和张振先吧。我们俩都属于淘气的学生。他有一回在礼堂的暖气管上拿"顺风旗"（一种体操动作），结果把管子弄坏，吓得赶紧跑了。我更损，教我们语文的老师水平有限，有时还念错别字，如在教我们念《秋水轩尺牍》时，把"久违麈教"念成"久违尘教"。他是个大近视眼，我就拿一本字号最小的袖珍版的《新约全书》随便找个问题问他。他挤着眼睛看了半天，也看不清，后来恍然大悟，知道我是明知故问地刁难他，就用教鞭照我的屁股给了一下。我还假装委屈，理直气壮地质问："您为什么打人啊？"他说得也好："你拿我开涮，我不打你打谁？"诸如此类淘气的事干了不少。我和张振先是同桌，一到课间休息，甚至自习课老师不在时，我们俩就常常"比武"，看谁能把谁摁到长条凳上，只要摁倒对方，就用手当刀，架在他的脖子上说："我宫了你！"算作取得一场胜利。直到几十年后，我们在欧美同学会吃饭时，彼此的祝酒词还是"我宫了你"。这种童真和童趣是非常值得珍惜的，有了它，人格才能完整。而开明的老师，常能容忍孩子们的这种天性，这对孩子的成长是有利的。我们班有一个同学叫宋衡玉（音），平时常穿日本式的服装，我们都管他叫"小日本"，他自然不愿意听。有一回在饭厅吃饭时，有人又叫他"小日本"，他急了，追着那个人不依不饶，那个人就往饭厅外跑，他嘴里骂着"儿子（读作 zèi）！儿子！"地往外追，刚追出门，正好和路过的校长撞个满怀，校长拧着他的嘴巴说："你又没娶媳妇儿，哪来的儿子？"大家听了哄堂大笑。因为大家觉得校长实际上是以一种幽默的方式加入到这场游戏中了。总之，我不是提倡淘气，但兴趣是不可抹杀的，在这样的学校，每天都有新鲜有趣的事发生，大家生活、学习起来饶有兴致。

但有些事就不那么简单了。如1926年北京发生"三一八惨案"，那时我正上小学，那天放学时整个北京城都戒严，家里着急，派车接我，但怎么也绕不过来，最后我是拐着弯穿小胡同，很晚才到家。后来我升入汇文中学，又知道有两名汇文的学生死于这次惨案中，一位姓唐，一位姓谢，校内还竖有"唐谢二君纪念碑"。这使我知道社会上还有比学校里更惊天动地的大事。

荣宝斋这个商店的字号，近百年中，和文化、艺术、教育、出版事业几乎是牢不可分的。它所经营的，文具纸笔外，从价值千金的名人字画，到小孩描红的字模，无不尽有。

我尚在刚刚识字的时候，看见习字用的铜镇尺上两行刻字之下有"荣宝斋"字样，问我的祖父，得知是一个南纸店的名字。约在十四岁时，我自己第一次到琉璃厂买纸笔，看到荣宝斋墙壁上以及通道的较高处都挂满了名人字画。我虽不全懂得好在哪里，但那时的惊奇和喜爱的心情今天还记忆犹新。回来不时地向长辈夸说我这次的见闻，也提出我的问题，才知道琉璃厂一条街都是"文化用品"的商店。清代各地来京应科举考试的人，都从这里得到参考书和笔墨文具。南纸店所挂的字画，有一般书画家的作品，也有大官僚，老翰林的笔迹。后者这些人当然不是专为卖钱，实在因为他们和这些文化商店打的交道太久了，感情太深了，并且以自己的笔迹能在这里挂出为荣。"荣名为宝"的荣宝斋，就光荣地掌握着这样权威过了近百年！

我青年时从上学到辍学；年长后过着边教书边卖画的生涯时，直到今天，都从来没有和琉璃厂中断过联系。如果说书店是我的"开架图书馆"，那么荣宝斋便是我的"艺术博物馆"。我从它的墙壁上学到多少有关书画方面的知识和技能，又在它的座位间见到多少前辈名家，听到他们多少教导和鼓励。

从我开始到荣宝斋来，至今已五十四年了。这中间荣宝斋也经历了无限沧桑：社会动乱，民族灾难，纷至沓来，而它却屹然未垮。在旧社会固然有资本家为利润而努力经营的因素，更重要的是广大人民对文化艺术的客观要求，撑着它生存下来。

解放后，荣宝斋的事业也获得新的生命。由私营到合营再到国营，由三间门面到一大排陈列室和营业室。木版水印品，由小块花笺到长卷的《夜宴图》《簪花图》和巨幅挂轴《踏歌图》。书画用品，由每天售出无多的纸笔，到时常脱销和好宣纸供不应求。它的声望，由琉璃厂中的一家南纸店，到世界知名几乎和各地古迹相等的文化名胜。在这里不但可以看到国营企业的成就和气魄，也更可以听到拨乱反正以来文化事业发展的脉搏。

我自己，从当年在荣宝斋拿了几元钱卖画的所谓"润笔"，出门来又送进书店，抱着几本书回家去的情形，到今天亲眼见到我的笔迹赫然挂在中堂之上。这怎能不感谢人民给我的荣誉，怎能不感谢这个曾起过导师作用的"艺术博物馆"！

今当新生的荣宝斋三十周年纪念时，我对这有三十年新交谊，又曾有二十四年旧交谊的荣宝斋，岂可无一言为祝！因此写出回忆中的片段和说不尽的感受，聊当我的颂词。还想借此一寸的纸面，敬告爱好艺术的青年，今天的学习条件是多么的方便，又是多么的珍贵啊！

一九八〇年六月十六日

我在十岁以前，受家塾的教育，看到祖父案边墙上挂着一大幅山水，是先叔祖画的，又常见祖父拿过我的手头小扇，画上竹石花卉，几笔而成，感觉非常奇妙。从此就有"做一个画家"的愿望。十五岁时经一位长亲带领，拜贾羲民先生为师学画。贾先生一家都是老塾师，贾先生也做过北洋政府时期的部曹小官，但博通书史，对于书画鉴赏也极有素养。论作画的技术，虽不甚精，但见解却具有非常的卓识。常带着我去故宫博物院看陈列的古书画，有时和些朋友随看随加评论，我懂得一些鉴定知识，实受贾老师的启迪教诲。

我想进一步多学些画法技巧，先生看出我的意向，就把我介绍给吴镜汀先生。吴先生那时专学王石谷，贾先生则一向反对王石谷画法的那样琐碎刻露的风格，而二位先生的交谊却非常融洽。吴先生教画法，极为耐心，如果我们求教的人画了一幅有进步的作品，先生总是喜形于色地说："这回是真塌下心去画出的啊！"先生教人，绝不笼统空谈，而是专门把极关重要的窍门提出，使学生不但听了顿悟，而且一定行之有效。先生如说到某家某派的画法，随手表演一下，无不确切地表现出那一家、那一派的特点。我自悔恨的是先生盛年时精力过人，所画长卷巨幛，胜境不穷，但我只临习一鳞半爪，是由于不能勤恳；后来迫于工作的性质不同，教书要求"专业思想"，无力兼顾学画，青年时所学的，也成了半途而废。

我在高中读书时，由于基础不好，许多功课常不及格，因而厌倦学校所学，恰好一家老世交介绍我从戴绥之先生攻读经、史、文学，我大感兴趣，这中间的原因，是多方面的，这里不及详细解剖，只说我遇到戴先生，真可说顿开茅塞。那时我在十八岁左右，先生说："你已这么大年纪，不易再从头诵读基本的经书了，只好用这个途径。"什么办法呢？即拿没标点的木版古书，先从唐宋古文读起，自己点句。每天留的作业，厚厚的一叠，灯下点读，理解上既吃力，分量上又沉重。我又常想："这些句没经老师讲授，我怎能懂呢？"老师看我的点句，顺文念去，点错的地方才加以解释，这样"追赶"式地读了一部《古文辞类纂》，又读《文选》，返回来读"五经"。至今对当时那种似懂非懂的味道，还有深刻的印象。但从此懂得几项道理：不懂的向哪里查；加读一遍有深一步的理解；先跑过几条街道，再逐门去认店铺，也就是先了解概貌，再逐步求细节。此后又买了一部《二十二子》，选读了《老子》《列子》《庄子》《韩非子》《吕览》《淮南子》等，老师最不喜《墨子》，只让我看《备城门》诸篇，实在难懂，也就罢了。老师喜《说文》、地理、音韵诸学，给我们选常用字若干，逐字讲它在"六书"中的性质和原理，真使我如获至宝。但至今还只有常识阶段的知识，并未深入研究。先生的地理、音韵之学，我根本没提出请教。先生谆谆嘱咐要常翻《四库简明目录》，又教我们用《历代帝王年表》作纲领，来了解古代历史的概貌，再逐事件去看《资治通鉴》。这粗略的回忆，可以得知戴老师是如何教一个青年掌握这方面知识的有效办法。先生还出题令学作文，常教我们在行文上要先能"连"。听老师讲解连的道理，用现在的话说，就是要求语言的逻辑性；其次要求我们懂得"搭架子"，听讲它的道理，也就是要文章有主题有层次。旁及作诗填词，只要拿出习作，老师无不给予修改。

回忆自我二十二岁到中学教书以来直到今日，中间也卖过画（那只是"副业"），主要都在教古典文学，从一个字到一首诗、一篇文，哪个又不是从戴老师栽培的土壤中生出的幼芽呢？我这小小的一间房屋基础，又哪一筐土不是经过戴老师用夯夯过的呢？

最后一位恩师是陈援庵先生，自从见到陈先生，对知识的面，才懂得有那么宽，学问的流派、门径，有那么多，初次看到学术界的"世面"是那么广。恩师对我的爱护，也就是许多老学者大都具有的一种高度的热情和期望，是多么至深且厚！陈老师千古了，许多细节中可见大节处，这里不及详写。也有只有老师知，我心知，而文字形容难尽的，我这拙笔又怎能表达出来呢？我作过一篇《夫子循循然善诱人》，写过陈老师的几点侧面，和我的仰止之私。这里的篇幅，也容不下再作重述了。

一九八六年四月廿九日

提起上大学，无疑的都是指到大学读书，以至毕业取得学位。我这里所说的"上大学"则是双关语，含意是在大学里做工作，学到怎样教学、怎样治学。尤其重要的是怎样去思考学术上的问题。

我一周岁时失去父亲，十周岁时失去祖父，不到三十岁的寡母和一位没出嫁的姑姑抚养我这个孤儿。我的曾祖和祖父都是科举考试出身的，生平所做的官，绝大多数是主考、学政之类，因而并无财产遗留。我们母子的生活，只靠祖父的"门生"，特别是邵明叔、唐子秦两位先生为之募集经营，邵老伯还每一二周要看我的作业。如果一个月没去呈教，他老先生就自己到我家来了。唐老伯有一次看见我作的诗，意兴衰飒，竟流下眼泪，加以教导。

小学毕业考上了中学，这时已从贾羲民先生学画，从戴绥之先生读书，学"古文辞"之学。由于对算术、外语不用功，没兴趣，终至不及格，也无法再往下念了。生活用费是不等待人的，我原无"大志"，只想做个小职员，能够奉养母亲、姑姑，也就过得去了。原指望求一位企业家的老世交为我安置一个小位置而终不可得。

老世交傅沅叔先生把我介绍给恩师陈援庵先生。特别要说明，这个"恩"字，不是普通恩惠之恩，而是再造我的思想、知识的恩谊之恩！陈老师把我派在辅仁大学附属中学，教初中一年级的"国文"，我很满足了，总算有了一个职业，还可有暇念书学画，结果中学负责人说我没有大学文凭，就来教中学，不合格，终被停止续聘了。陈老师又把我调到辅仁大学美术系做助教，但还是在那位中学负责人统治之下，托故把我又刷了。陈老师最后派我教大学一年级的"普通国文"，这课是陈老师自己带头并掌握全部课程的。老师自己选课文，自己随时召集这课的教员指示教法，自己也教一班来示范。这项工作，延续好多年。我们这些"普通国文"班底中所有的教员，无论还教其他什么专门课程，而这门"普通国文"课，总是"必教课"，事实上是我们的"必修课"。因为教这课，就必须随时和老师见面，所指示的，并不总是课内的问题，上下纵横，无所不谈。从一篇文章的讲法，常常引到文派学派的问题，从一个字句的改法，也会引到文章的做法、文格的新旧问题。遇到一个可研究的问题，老师总是从多方面启发我们的兴趣，引导我们写文章。如果有篇草稿了，老师的喜悦表情，总是使我如同得了什么奖品。但过不了两天，"发落"这篇"作业"时，就不好受了。一个字眼的不合逻辑，一个意思雷同而表面两样的句子，常被严格挑出来，问得我哑口无言。哑口无言还不算，常常被问要怎么改。哎呀！我如果知道怎么改，岂不早就不那么写了吗？吃瘪之后，老师慢慢说出应该怎么改。这样耳提面命的基本训练，哪个大学里、哪个课程中、哪位教授的班上能够得到呢？试问我教书以来，对我教的学生，是否也这样费过心力呢？想起来，真如芒刺在背，不配算这位伟大教育家的门徒！如果我的一篇文章发表了，老师每每提醒旁人去看，如果有人夸奖几句，其实很明显是夸奖给老师听的，那时老师的得意笑容，我至今都可以蘸着眼泪画出来！

　　解放后，凡我参加什么书的编写，写了什么学术的讨论文章，领导上以为可鼓励处，都向老师去说。老师都向人表示"理所当然"似的说："本来吗，他如何如何……（的好）。"这些事和话老师从来不告诉我，这是我从旁人得知的。一次一项有争论的学术问题，我勉强仓促地写了文章，幸而合格。领导去向老师夸奖，老师虽仍然表示了"理所当然"似的态度，但这次并未事先见到原稿。事后把我叫去说："以后你们写文章，务必先给我看！"这时已是"文革"的前夕，老师已然有病了。对一个学生每走一步，还要如此关心。我还想，我的工作、文章，人家为什么都向老师去说，不言而喻，老师平日揄扬的深广，岂不可想、可知、可见了吗！

另一个场合，即是辅仁大学的教员休息室。当时一个大学的总人数，还不及今天一个系的人那么多。各系的教师，上课前、下课后都必到这里来。几位老学者，更是经常到这个休息室来。以文史这方面的先生说，像沈兼士先生、余嘉锡先生、于省吾先生、容庚先生、唐兰先生、郭家声先生、张效彬先生、戴君仁先生、缪金源先生，有专任的也有兼课的。陈老师虽有校长办公室，但仍然经常到这里来。这间大屋子里总是学术空气浓浓的。抗战了，大家讨论无不慷慨激昂。敌人反动高压加强后，这个屋中还潜流着天地正气。

这个屋子并不是"俱乐部"，而是个大讲堂。可以说，这里边有任何讲堂中学不到的东西。对当时社会上、学术中变节事敌的人的批评自不待言，学术上有某人的一篇文章在报纸杂志上刊出，一本著作，以至什么书籍的出版，都可以听到很重要的评论。那些评论，哪怕片语只词，往往有深重的意义。"顺藤摸瓜"，回去自己再找那文、那书来看，真收获"问一得三"之益，实际是"听一得三"的。

古书版本，哪家注释好，哪本错字多，哪家诗文如何，哪种"名著""不值一看"。哪个字怎么讲，怎么写，是"木"旁、是"手"旁。诸如此类，从大到小，小到偏旁点画的问题，都总会使我有"虚往实归"之感。

一首诗、一张字，常见老先生们自己拿着图钉按在墙上展览，一件小古董、一张拓片、一本书，也常有人拿来共赏。摩尔根一本论古代社会的书，有人新译成中文，几位老先生互相传观赞叹。值得注意的是这些老先生特别是陈、沈、余诸位都是纯读古书的，他们未曾接触西洋文化，即使接触过一些，也是间接的或科技的常识。但他们这时是如此的虚心，立刻联想到治中国古史的种种问题。解放初期，陈老师拿了许多马列主义的通俗宣传小册子，手持放大镜，没日没夜地看。结果病倒了，护士把小册子给收起来，才去休息。这样如饥似渴地接受新鲜事物，在学术上无成见，不怕人说"你连摩尔根的书都没瞧过？"我觉得如果有说这样话的人，他才是真没知识的。

沈先生是文字音韵学的大家，一次有人问某一个字究竟应念什么音，先生说："大家怎么念，就念什么。"我刚听了，不觉一愕。问者正是要得到最标准、最"正"的读音，怎么这位大权威却说出这个答案？后来逐渐懂了，语音本来是客观上各不相同的，陆法言

"我辈数人定则定矣"的话，说明了多么大的问题。沈先生这句话是陆法言的一个"转语"（借用禅宗的术语）。一千几百年来，古今音韵学中，前后有这两句话，就都包括进去了。一位学者之通、之大，就在这里！"定"有功于语音统一；音从大众，实际音是来自大众，这句话是如何的尊重事实，是如何的透彻古今。

沈先生最重要的学术主张，是声训、意符。我不曾深入学过文字声韵之学，但每每听到先生的议论，使我得知学问不是死的。后来我每逢和人谈到我对许多问题的理解时，常用个比喻说，盘子不是永远向上盛东西的，立起来也可当小车轮子用。"学"与"思"相辅相成，体味诸老辈的言行，从中可以增加无穷的智力。

沈先生平生最慕朱筠，提拔寒畯，乐道后学之长，甚至于不避夸张。具体事例，这里来不及多举了。当时我这个学无一长的青年，也在先生揄扬、提拔、鼓励、鞭策之中，向旁人说到我时，语气总是那样肯定。我去年得到一副朱笥河先生的亲笔对联，每挂在墙上，必心酸一次。

我还曾"亲炙"余嘉锡先生。先生的学问深邃，人所共仰。而人品的方严，取予之不苟，若非亲受过教诲的人，是不易知道的。先生学问之博，用力之勤，治学态度的严肃，恐怕现在说给后学听，可能并不会相信。先生平生用力最大的是《四库提要辨证》，繁征博引，目的是"归于一是"。他的底稿都是自己用极其工整的小楷写成的，极少涂抹。可见起草过程也就是构思过程，也是誊清过程。我没有资格仰赞先生学问的涯涘，我只举一点体会。我们试翻一条提要辨证，即使不是专为看对某一古书的结论，只看这篇考辨过程，所得的收获，除这一古书的结论外，还会知道许多怎样探索、怎样分析判断的方法。一段段地引，一段段地阐述，好像很"笨"地专跟提要"过不去"。事实上，这时提要已成了先生学术总体的一个货架子，而这架子却没有档格，互相流通的。从这里认识到先生对古书、古学说，都在极扎实的根据上，驳倒前人那些率尔作出的误说。受到最深刻的教导，是懂得对古人的成说，不可盲从，不可轻信。

先生病重时，我去看望，那时已经患了"中风"，说话不太利落。见面后，从抽屉中拿出新写的提要辨证一些条，字迹虽然颤抖，但依然没有涂抹。虽不能知这几页是否是最后的绝笔，但我知道这时离先生逝世并不太远。我觉得应该把这些页遗墨珍重地影印出来，教后学得知什么是"死而后已"！

当我二十一岁初出茅庐时的第一个朋友是牟润孙先生，接着认识台静农、储皖峰、赵荫棠诸先生，都是在附中教书的时候。后来认识余逊、柴德赓几位先生。我比他们都年小，比台小十岁，比柴小四岁。周祖谟先生来了，才有比我小两岁的。这些朋友对我的"益"，又常有诸师长所起不到的作用。因为首先可以没有礼法可拘。我向他们任何人请教什么问题，绝没有吞吞吐吐考虑成熟才说的必要，都是单刀直入。他们的答案，有时是夹杂着开玩笑而说出的。这样声入心通，有哪个课堂上所讲的东西能够相比呢？

现在牟润孙先生在香港，前几年他初次来京，我们相对痛哭，后来虽有较多见面的机会，但究竟是难共晨夕的。台静农先生远在台北，今年已经八十四岁了。周祖谟先生虽在北京，但远隔重阍，我又牵于俗冗，见面还是很少的。

我近年常有最刺心的事，就是学术上每有疑问，或遇小小心得，总感到无处请益。有时刊出了一篇拙稿，印成了一本小册，明知是极不成熟的，但想到热切期望我有所成就的，坚定预言我可以造就的恩师们已看不见了。古人对亡亲"焚黄祭告"的心理，是何等痛苦，就不难明白了。

辅仁大学校友会要出一本书，教我写一篇我的经历和回忆。现在仓促写了这篇，姑且标题为《上大学》。这个题目，开始处已略交代，这里再补充几句：我上这个大学，没有年限，没有文凭。但也可以说有的，这张文凭，奇怪的是我自己用笔写出来的。

如要开列职务经历：真贫乏得很了，即是附中教员、大学助教、大学普通课教员、讲师、副教授。解放了，院系调整，成为新师大，一九五六年被评选为教授，次年取消，一九七六年以后重算教授了。

回忆这五十多年，我总是在"失"中获"得"，使我"得"的固然有恩；使我"失"的实起了促进、激励作用，其恩亦何可泯！陈老师去世后，我曾私撰一副挽联，那时"文革"尚未结束，不敢写出。后来在一篇纪念老师的文章题为《夫子循循然善诱人》的文章中录出过，现在重写在这里：

依函丈卅九年，信有师生同父子；

刊习作二三册，痛余文字答陶甄！

一九八五年五月十五日

启人
启事

○

　　启功先生外出讲学时，听到会议主持人常说的"现在请启老作指示"，他接下去的话便是："指示不敢当。本人是满族，祖先活动在东北，属少数民族，历史上通称'胡人'。因此在下所讲，全是不折不扣的'胡言'……"

○

　　启功先生的晕病发作，医生给他输液治疗不见好转。他在感慨之下，吟了一首《渔家傲·就医》以"抒怀"："眩晕多年真可怕，千难苦况难描画。动脉老年多硬化，瓶高挂，扩张血管功能大。七日疗程滴液罢，毫升加倍齐输纳。瞎子点灯白费蜡，刚说话，眼球震颤头朝下。"

天門中斷楚江開碧水東流

白此回兩岸青山相對出孤帆一

片日邊來　太白望天門山之作

只是眼前景物脫口而出便非後人所

此太白之所以為太白也　啟功

　　我记得有一年，先祖抱我在膝上教我念诗，什么隐隐飞桥啦，什么桃红宿雨啦。那时刚知道自己是"四岁"，后来我的姑姑常用小孩幼稚语气念诗，问我"这是谁"，我说不知道，姑姑说"就是你啊"！回忆起来，哪句也没懂，只是记住腔调，年岁大些了，也会按那种腔调自己套着念别的诗，背诵得特别快，从此念起许多诗，这时已不能说全不懂了，但即使念那些不全懂或似懂非懂的诗时，也能感觉它很美！为什么？至今我还是不知道！

　　再后看别人作诗很羡慕，总想"我什么时候也能作诗啊？"十几岁又学画，常听贾羲民老师说某人画得好，只是不通文理，题画诗中笑话很多，我又想"原来不能作诗的画家是被人看低一等的"。接近二十岁左右时常向溥心畲先生请教画法，没想到每次见面，从来没谈过怎么画画，头一句总是"你作诗了吗？拿来看看！"虽然也没有过任何具体指导，怎么去作，或怎么作好，但是略有较好的句子，总是拿给座上的客人看说"你看他这句怎样？"心畲先生的诗和书作，都受学于永光和尚，宗选体，五律学王孟，和韦柳一派，七律学李商隐。永光是湖南人，诗是王壬秋的传授，所以先生的宗尚趣味可以想见。一次我淘气地模拟他的风格写一首五律，请他看，他一再问我："是你作的吗？"按常情说，一个作品被旁人怀疑不是自己作的，应该是一种可恼的事，都会想"你怎么看不起我？"但我这次却是暗中心喜，感到比正面夸好还要重得多。回忆这些事，又可证明无论搞什么，师友的影响环境的熏陶实是不可或少的。

今年是北京师范大学成立一百周年的纪念。校内教师九十岁的人，只有三位了，互相回忆自己曾经承教的先师，几乎俱已仙去，即数起同辈的朋友，亦已寥若晨星。现在先就不可磨灭的印象中不可磨灭的先师说起。

北京师大百年纪念是从何年算起？这就要追溯到清末"京师大学堂"建立之始。启功生于一九一二年夏末。上距京师大学堂建立大约将近十年，当然无从知道。二十岁以后，初到辅仁教书至今将近七十年，这段时间许多位名宿急遽凋零，现在姑且就我个人记忆谈起。

一、陈垣校长与英华先生

陈垣先生是我的世交长辈，由我家的一位老世交傅增湘先生介绍见到陈先生。先生当面教导我如何教学生，说"言教不如身教"，语重心长，使我平生难忘，改我文稿，教导我的思想，怎样除旧布新。这样直到一九七一年陈师逝世。他的一举一动，都是我们的表率。我是从辅仁大学长起来的，解放后辅大与师大调整为新师大，在启功从个人记忆中追述，就不能不从辅大谈起。

有一位我们满洲同民族的老前辈英华先生，满姓赫舍里氏，是虔诚的天主教信徒，学识渊博，曾主办《大公报》，又办温泉中学。西方学者利马窦在明代来中国，汤若望在明末清初来中国，清康熙时，南怀仁又帮助康熙学外语和西方文化知识，但西方传教士对中国的文化教育始终没有广泛的影响。英老先生因此具书给罗马教宗，请求派专门人才来中国创办学校。最初由英老先生集合同人办了一个学术团体叫"辅仁社"，后来罗马派来一个天主教的分会办起辅仁大学。陈垣先生家世是基督教信徒（路德派），陈先生又好钻研历史文化，又好探讨各宗教的传承历史。他在做国会议员和教育部次长时，曾以自己搜罗的元代"也里可温"（天主教）的历史记载向英老先生求教，英老先生即高兴地把自己研讨的材料补充给陈先生。于是这两位学者就结成师友关系。及辅仁大学建校时，英老先生即延请陈垣先生任校长。当时天主教同道曾不赞成延请教派不同的人任校长，英老先生深信陈垣先生的人品学问，不是拘泥教派成见的人，力排众议，聘请陈先生任校长。从此辅大即成了学术的大学，并不仅是教派的大学。英华老先生字敛之，号"万松野人"，平生未入仕途，有著述数种，善书法，今西山温泉中学旧址门外南面山上刻有"水流云在"四个大字，即是英老先生所书的。

二、陈校长为教育事业的学术研究

陈垣先生任辅仁大学校长以来，曾延许多位学者在辅大任教，使得后起的辅大顿时与避寇四川的西南联大南北齐名，中间经过沦陷时期，日寇从辅大校中捉去已知的抗日的人士外，竟未敢干涉校政。其中艰苦，可以不言而喻了。日寇投降后又与北京复校的燕京大学并驾齐驱。直到解放后，院系调整，辅大与师大合并，又成国立的新师大，陈垣校长的蝉联伟绩，是今天应该首先大书特书的。

陈垣校长生于广东新会的书香门第，在封建的科举时代，当然以应举为正途。先生的读书方法是相当别致的。他少年时在读了基本古经书、《孝经》《论语》等必读的古籍之外，自然以八股文为必读的。陈先生说，曾把当时流行的种种墨卷拿来阅读，见哪篇有所会心，用圈点标出，放在一边，再取一篇去读，如此积累，把装订拆开，再把选出的合订熟读，然后拟作。经过县试、府试，以至学政的院试，获得廪、膳的资格，听说曾入京应考，可能曾获得拔贡资格才能入京朝考。可惜我当时年幼，不懂得科举详情，今天已无从请益了。陈先生又发现清朝谕旨中有许多前后矛盾，就通读《朱批谕旨》和《上谕内阁》，摘其矛盾记成《柱下备忘录》，一部分刊于"北大研究所国学门"的刊物，后来即用此法通读"二十四史"，记其种种编辑经过和存在的问题，写出提纲，为学生讲授，后来在前北京师范大学讲授，学生即在若干年后再加发挥，便成了学生自己的著作。又把陈寿的《三国志》和范晔的《后汉书》比较阅读，教前师大的学生作《陈范异同》（用《班马异同》的前例），这位学生写成论文，还刊成专册。陈先生又曾在前燕京大学研究所中教学生如何编辑古书的索引，自己领着学生去查、去编。当时还没有这类工具书，这比后来出版的《丛书子目索引》三厚册简略些，但先生这部与学生合编的未刊索引，一直在身边架上备用。为查历史的年月，得知日本御府图书寮编了一种《三正综览》，曾用二百银元托友人在日本抄出副本，自己又逐月逐年编排演算，这种核算的稿子即成了《中西回史日历》。编到了清朝的历史朔闰，先生就到故宫文献馆中查校保存的清朝每年的"皇历"（乾隆以来改题为"时宪书"，以避乾隆的讳字）。再后日本印出《三正综览》，我买到一本，发现不但编排远远不及陈先生所编的醒目，又见清朝每月的大小尽和多处有所不同，就拿去请教。先生说："清朝的部分是我在文献馆中校对了清朝的每年的'皇历'，自以我的为确。"文人们常说："某人博览群书"，说明这位学者读书的广度，却忘了仅有广度，若无细度、深度，那就是一维的读法，却缺了二维的。

陈先生研究古代宗教，最先出版的，也是最先着手研究的。后来又接着考证了"开封一赐乐业教"（即以色列教）、"摩尼教""火祆教"，先曾拟合编为"古教四考"，后觉文章撰写的时间不同，文章风格也就有异，便搁置起来。先生又曾对基督教的《圣经》作过译本的考证（原稿未曾发表）。又搜集道家的碑刻成为《道家金石志》（是先生次孙智超同志经手出版的）。有读者曾提出"道家"应称"道教"，其实这个问题先生早已考虑过，以为汉末"五斗米道"增益了"五千言"的哲理，北魏寇谦之创立的像设、仪轨全袭佛教，又与"五千言"的哲理不同，与后世道士度亡所诵的"皇经"相距更远。所以宁称"道家"不称"道教"。在古宗教中，以佛教创始最古，静修的哲理最深，经、律、论三藏的典籍最繁，历代名僧又多通儒学，文笔宏通，阐述宗风之余还多兼通"外典"，所以研究佛家著述，可以兼获许多资料，先生家佛藏有四部之多，先生曾戏言："玄奘被称为三藏，我今已有四藏了。"先生著有《佛教史籍概论》，薄薄一册，却来源于四大藏经。我的一位好友王靖宪同志，读了《佛教史籍概论》，后见我们一位同门所著史籍论著，对我说："那位论著的作者文章和考证的方法怎么像《佛教史籍概论》呀？"我说："那位作者正是陈老师的高足啊！"

　　陈先生研究《元史》，写了《元西域人华化考》。解放后，先生的著作多已重版，只有这一部书久被迟疑搁置，由于怕有"大汉族主义"的论点。我们又重新细读，不但毫无所疑之点，却有"民族融合"的许多证据，把意见反映上去，才见重版出书。先生又因只见沈家本的寄簃刻本《元典章》，后得知故宫藏有元代所刻的古本，即带了许多位学生天天到故宫去校对，成了《元典章校补释例》一书，这不但使读者彻底了解了《元典章》一书，先生在书后还总结出"校勘四例"，综合清代学者关于校勘的论点，还结合实际校勘工作的范例，最为有益于后学。后来台北影印出原刻《元典章》全书，有人即说"陈先生的校勘并非独得之密"，这正如看见电脑后，即说驿站跑马、电报传信是极端落后，不知是耻笑前贤，还是耻笑自己！陈先生研究《旧五代史》，但《旧五代史》早已佚失，《册府元龟》又不专是五代的事迹资料，要用《册府元龟》中的材料，就必须理出它每条的内容都是讲的什么。先生认为至少要：（一）按其年代；（二）人名；（三）事迹。各分一类，列为索引。然后按五代的历史中这三项内容加以排列，虽然未必全是《旧五代史》的原文，至少也是五个朝代的有关资料。

先生还因避讳皇帝的名字和避讳父母的名字（家讳）是中国历史中的一种特殊现象，不论是手写的文字、刊刻的金石和书籍的版本，都可因避讳字的代替字、缺笔字，而知其写、刻的时代。这也是读书人，尤其读史书的人必须知道的一项常识，所以作了这部《史讳举例》。

还有许多零碎的问题，写成单篇的论文，现已不能一一罗列。总之，陈老师平生读书、工作，无一不是为了教育，为研究一个问题读书万卷，所得的结论，往往只是一两卷的篇幅。为研究《元朝秘史》和校勘《元典章》，自己向专家去学蒙文、蒙语，从来没为某件无关大体的问题去费笔墨。陈先生为学生写好文章、教好书，自己每年教一班大学一年级的普通国文课，认为不管研究什么，最后都要用文章表达，一句能说的就不要多句去说。讲课要语言清楚，板书要字迹清楚，古籍中的常识要知道，世俗中的常识也要知道。一篇文章如同一锅糖水，必须熬成结晶，才既可食用，也可收存。听了这番话，才能知道研究多卷古书，写出一卷结论文章的道理。

三、陈校长与辅仁大学

英华老先生甘冒天主教同道的反对，而请"新教派"的陈垣先生来任辅仁大学的校长，很清楚，他是想把新成立的大学办成一个有学术新风的大学，而不是要办成一仅是传教的大学。这是他在

"辅仁社"学会性质的团体时，对社中学者都有所考查。陈先生接任校长以来，聘请的教师首先没有哪个党派、哪个大学出身、哪个宗教信仰的区别。物理、化学多请西方专家之外，生物学仍请中国专家为主任教授。所请的文学院长是沈兼士先生，国文系主任是尹石公先生，教授有刘复先生等，都是著名的学者。后来尹石公先生回南方去，由杨树达先生介绍余嘉锡先生来继任。历史系请张星烺先生为主任。陈校长自己也讲些专门问题的课程，是包括文史两系的学生都可听讲的。有比较特别的一门课，即一年级的国文，又称"普通国文""大一国文"，今称"写作实习"。陈校长自己教史学系一班，当然班次太少，就又招了一些年青的力量。表面看似是校长自己减些负担，实际上是自己招了许多新学生，随时加以辅导，怎么备课，怎么讲授，怎样为人，以至怎么写黑板。更有一项重要的教导，就是"身教重于言教"。实在是陈校长又招了一"班"青年，我（启功）即在这一班中。这一"班"的情况，下文再行详述。这里先从校长聘请的老辈学者说起：沈兼士先生是章炳麟（太炎）先生的弟子，精通文字声韵之学，宋代人提出了"右文说"，沈先生更加发挥，在为蔡元培先生祝寿的《论文集》中第一篇登载着这篇著作，名声极大，又讲"声训"，是一门语言学中的新见解。虽然清代学者王念孙诸家也曾重视声与义的重要关系，但还有未全透彻处。沈先生这一理论，可以成为世界语言学中占一席的中国著作。又有专文《禘祫祭古语同源考》，证"禘"是古代大祭之名，又是宰杀牛羊等牲畜为祭品的祭礼。其实古代历史已被儒家学说层层掩饰，使得后人在雾中行走一般。近些年殷墟发现杀人祭祀的坑，古书中是丝毫未见记载的。又如古书说易牙烹其子以飨齐桓公，被管仲批评，说他"其子尚不能爱，何能爱君"，把他当做个别事件来看。其实近年考古在出土的鼎中竟有小儿的尸骨。考古工作者都被告诫，不宜宣布，怕被敌人说中国古代即缺乏"人道"。可惜沈先生在世时，没见到这些发掘，更多地充实那篇论文。沈先生还有一篇重要的论文：《初期意符字的形态及性质》。古代造字有"六书"之说，《说文解字·叙》中列了六项，《周礼》中也列了次序稍异的六项，却都没有提到"意符"，这又是语言文字学中的一项发明，也是一项在训诂学中的发现。这些重要论文，也是重要发明，觉得章太炎先生《文始》等还不免有些受到旧方法局限处。沈先生还有一项较大的科研工程，是《广韵声系》，由沈先生带着几位学生研究编排，后来抗日战争起来，先生离开北京，即由门生葛信益按原来规定的原则继续编排，日寇投降之后，才得出版，可惜先生已去世，不及亲见了。

余嘉锡先生字季豫，是一位博览群书、扎扎实实的学者，清末做过七品小京官。辛亥后，在赵尔巽家教家馆，也在北京大学兼课。由杨树达先生介绍给陈垣校长，被请到辅仁大学接尹石公先生的主任职务。余先生的先人即是一位老学者，教先生读"四书""五经"等"必读"诸书外，要细阅《四库全书总目》，读其"提要"，可以知道学术的古今流别。余先生在熟读目录之学后，有两方面的巨大收获：一是了解了自汉代刘向、刘歆以下各代目录的编订优缺点，古书的存佚情况，后来著为《目录学发微》，近代研究目录之学的人没有不参考这部著作的，引用多了，未免即有抄录之嫌。余老先生未免感慨，说这部书被一些读者"屡抄不一抄"，也足见其影响之大。二是发现《四库提要》中的错误，随阅读，随批注，后来合成《四库提要辨证》，这仅辨证了《提要》中的一部分。老先生临终前，我到北京大学去探视，先生还从抽屉内取出续作的《辨证》底稿，字迹虽然不太端严了，但依然甚少涂改，行款甚直，不久就得见讣告了。先生在辅大讲课有一册讲义《古籍校读法》，细致地、有证据地提出古书中为什么记有古书作者身后的事。清代学者常常因此遂判断那是一部"伪书"，后学因之就不敢引据。但这《校读法》是没写完的一部讲稿，老先生后来也无暇续作整理补充。先生身后由他的女婿标点，改题《古书释例》，又把《提要辨证》中的段落附加于其中，可谓大体不失就是了。余先生身后未完之稿还有两种，一是《世说新语》的注，一是《汉书艺文志理董》。《世说新语笺疏》已由先生的亲戚晚辈标点出版了，标点者曾经告诫中华书局不要先出版别人研究《世说》的稿子，后来有人见到《笺疏》，有文章恳切地批评，还未见标点者有什么反驳。《汉书艺文志理董》一稿至今未见出版，其稿存佚不详。还有《余嘉锡学术论文集》两册，都是单篇的论文，都是引证得坚实，论断得确凿，都是后学有益的楷模，这里不能详细举例了。

前边说到陈校长自己教一班大一国文课，还用许多青年的后辈，我们回忆才理解校长并非为自己减少些力量，而是为培养一班青年人随时随地加以教导，我自己就听过陈老师剀切地多次教导，写过一篇《夫子循循然善诱人》的纪念文章，也曾多次听朋友转述先师的遗训，这里无法多述了。此时同到辅大的年青教师中，计有余逊、柴德赓、牟润孙、许诗英、张鸿翔、刘厚滋、吴丰培、启功、周祖谟。后来抗战起来，中间许多位分散了，只剩下余、柴、启、周四人，有人谐称校长身边有"四翰林"，即指这四人。如今只剩下启功一人"马齿加长"了。

陈老师在讲一课"史源学实习"时，把《日知录》和《廿二史札记》令学生逐条与书中所引古书校对，得知所引的有无差误。或者遇到什么问题，作者论断的是非，都由学生自写一篇"习作"，老师也写出一篇"程文"，然后把师生所写都装在墙上所挂的玻璃框中，以供全校师生阅读。同时也令大一国文班的教师选出学生的优秀篇章，连同这班教师的批语一齐展出，这是一种"大检阅"，我们都战战兢兢地注意批改。

这时文史两系似不太分家，请的专任和兼任的学者，计有郭家声（在我对这些先生都应提出尊称，但限于篇幅，暂时从略）、朱师辙、于省吾、唐兰诸位先生。但这时已近抗战，诸位先生在校时间也长短不同，所教学科也不同，列出大名，只是表示当时学术风气广博，没有什么派别。诸位老辈的身世、经历后学也不尽详。

四、新师范大学

一九四九年新中国成立，辅大中文系也随之改组，余嘉锡主任退居，系主任由萧璋先生担任，其他教师未变。一九五二年院系调整，辅仁大学与北京师范大学合并为新师范大学，陈垣先生仍任校长。中文系由黄药眠、萧璋为正副主任。系中分设几个"教研组"，计文艺理论、古典文学、民间文学、古代汉语、现代文学、儿童文学等等教研组。后来谭丕谟同志来任古典文学组组长，组里的教师计：谭丕谟、王汝弼、刘盼遂、李长之、郭预衡、启功等。这时曾有两次由教育部副部长柳湜召集全国高等师范院校教授、副教授开会讨论古典文学的"教学大纲"，相当热烈，也相当费力。一九五七年反右运动开始，许多人都被划为右派，这个教学大纲也就作废了。

当时中文系师生许多被划为右派，只有刘盼遂先生读书多，记忆强，虽没被划右派，但口才较拙，上课后在接着的评议会上，总是"反面教员"，谭丕谟同志最受尊敬，王汝弼先生常引马列主义，学生也无话可说，他在批判别人时常给他们加上一些字、词，被批的人照例无权开口。后来谭老同志在出国的飞机上因飞机失事，与郑振铎副部长等六位同遭不幸。中文系又成了另一种面貌。直到"文化大革命"起，许多人因"历史问题"，都入了牛棚，全校功课全停，刘盼遂先生夫妇被"造反派"殴打身亡，在校中居住或学校离家较近的教师，问题不大的人算"挂起来"，早来晚归，一段时间，后又分归学生的军事编制（连、排、班）。一九七一年夏天，我被调到中华书局标点"二十四史"，我和其他四位共同标点《清史稿》。这时林彪坠机而死，又后"四人帮"被捕。从一九六六年到此时，"文化大革命"算是结束，学校也逐渐进入一种新境界。原来的系主任还有时根据苏联专家留下的理论，说只要把书教好，不需要什么"科研"。他带的硕士研究生不许做论文，而学校制度已然规定要通过论文。学生只得拿着论文请旁的教师私下为他看。这位前主任在退休之后一次"教师节"时中央一位领导来校视察时，他还向领导详述苏联专家的言论。这不是为批评某一位旧时系领导的得失，只说明以前的理论影响，也不是一下子就能彻底洗刷干净的。

这以后学校本科课程全面发展，硕士生在启功名下的已有三两位，后来日渐增多，中文系古典文学我的名下博士生已够五届（其他科目笔者还不详知），以后日有增益，研究班中硕士毕业生已多得到教授职衔，并有许多著述出版。博士学衔的，其自己的职衔已高之外，且多受外校争聘，成了专家。这里所举只是笔者启功和当时的助手所带的成员，最先有硕士三人，博士先后五届共十余人。现在助手退休了，换为不定的助理人员，现有在学的硕士二人，在学的博士六人。全校、全系学风繁盛，这里不能详述。

值得特别提出的新设置有两大端，即是去年评出的两个"学术基地"：一是"民俗、典籍、文字"的一个基地，一是文艺理论的一个基地。其一是由民俗学术的老前辈钟敬文先生挑头，钟先生今年一百岁，因病在医院养病，但精神稍好时即叫轮班护理的新旧研究班的博士生召集同学（多到二十余人）在病房门里门外听他讲授这门学术的要点，还要听新到的博士生作他们研究题目的"开题报告"，我们因此感到老先生必然长寿，必能痊愈出院，又想趁他精神健旺的时候，赶紧向他祝寿。不料一月三日刚刚向他祝贺百岁华诞，他还高兴地分吃一块祝寿的蛋糕，谁知过了一星期，他竟安然长逝了，惊动了自中央江泽民主席和全体常委以及许多位现任、原任的领导，他们都发来唁函以表哀悼。遗体告别日又有中央统战部常务副部长刘延东同志及我校书记、校长率领师生一千余人亲来吊唁，有若干学生进入灵堂，突然跪下，大家无不感动，足见先生对青年的真挚感情，这绝不是旁人所能发动的。

这个基地是由王宁教授组织申请的，并担任文字方面的导师和主持基地的事务，还有启功滥竽于典籍部分。第二个基地是童庆炳教授和程正民教授组成的，当然也有些位助手和组外的顾问。前一基地因钟老先生是"鲁殿灵光"，这一学科都是他的弟子，评议时已无人能争；第二基地评议时，虽得到多数的支持，也足见是本学科中究竟有出类拔萃的成绩，才能在众中取胜。通过后，童、程二位到我舍下谈天，他们即说叫鄙人做一名顾问，以志同喜。回想如在三十年前"四人帮"手下，我们就都成了"白专"代表了。

毛主席曾经教导我们说："有比较才有鉴别。"今天回想"四人帮"时代的大学，回想那时的学术生活，回想做父母的应该不应该教子女最起码的文化知识？那时如果孩子有一个字不认识，来问家长，家长谁敢告诉孩子念什么？因为如告诉了，孩子明天上学去，天真地说那个字念什么，旁人问他"你哪里学来的？"孩子说了，家长次日或下午即在单位会受到斗争。所以我们今天不能不由衷地、真诚地、万分地感谢邓小平同志的伟大措施，独破藩篱的改革开放，才不会使人成鹿豕，祖国才得以起死回生。

我们又不能不由衷地感谢江泽民总书记，紧紧地接着改革，接着开放。不使一碗高汤因热量中断而珍馐变质，使我们今天亲眼见到惩治贪官，振作吏治，国内国外取得一致的拥护。世贸会加入了，奥运会申办成功了，上海会议各国首长都来了。日本首相主动来到卢沟桥，向烈士的抗战遗址擎酒鞠躬认罪致敬了。这又是邓小平同志在世时所没见到的。这当然是由于江主席提出了核心的"三个代表"的伟大理论的效果。但若没他自己的呕心沥血、披荆斩棘的不懈努力，又怎能出现中央会上一致赞成的回音呢！

从十一届三中全会以后这些层层的建树，看出祖国文化教育的基本改变，几乎是从无到有，从拆台到重建，巨大的转变过程，实是非常不易着笔的。我这个后学受命记录师大的百年校史，有三方面无从动笔：一是民国元年以前，我还没落生，全不知道；二是我在辅大学习教书时，只得知文史两系几位师长的教学和研究的巨大成就，其他院系的行政情况不够了解，未能着笔；三是辅大和师大调整以后，全国可谓处于"运动时期"，一九七一年到一九七八年我被调到中华书局参加标点"二十四史"《清史稿》，不在校内，即在校时，中文系以外的各方面情况知道得也很少；改革开放以后，祖国复苏，在一段整顿、建设之后，到现在的万紫千红时代，又自恨笔短事丰，写不胜写。敢望贤达赐予指教、补充和纠正！

二〇〇二年

辑二

人生好玩
才有趣

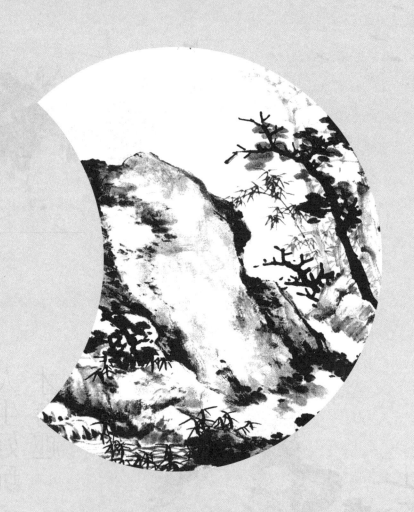

　　齐白石先生的名望，可以说是举世周知的，不但中国人都熟悉，在世界各国中，也不是陌生人。他的篆刻、绘画、书法、诗句，都各有特点，用不着在这里多加重复叙述。现在要写的，只是我个人接触到的几件轶事，也就是老先生生活中的几个侧面，从这里可以看到他的生活、风趣，对于从旁印证他的性格和艺术的特点，大概也不是没有点滴的帮助吧！

　　我有一位远房的叔祖，是个封建官僚，曾买了一批松柏木材，就开起棺材铺来。齐先生有一口"寿材"，是他从家乡带到北京来的，摆在跨车胡同住宅正房西间窗户外的廊子上，棺上盖着些防雨的油布，来的客人常认为是个长案子或大箱子之类的东西。一天老先生与客人谈起棺材问题，说道"我这一个……"如何如何，便领着客人到廊子上揭开油布来看，我才吃惊地知道了那是一口棺材。这时他已经委托我的这位叔祖另做好木料的新寿材，尚未做成，这旧的也还没有换掉。后来新的做成，也没放在廊上，廊上摆着的还是那个旧的。客人对于此事，有种种不同的评论，有人认为老先生好奇，有人认为是一种引人注意的"噱头"，有人认为是"达观"的表现。后来我到过了湖南的农村，才知道这本是先生家乡的习惯，人家有老人，预制寿材，有的做出板来，有的做成棺材，往往放在户外窗下，并没什么稀奇。那时我以一个生长在北京城的青年，自然不会不"少见多怪"了。

　　我认识齐先生，即是由我这位叔祖的介绍，当时我年龄只有十七八岁。我自幼喜爱画画，这时已向贾羲民先生学画，并由贾先生介绍向吴镜汀先生请教。对于齐先生的画，只听说是好，至于怎么好，应该怎么学，则是茫然无所知的。我那个叔祖因为看见齐先生的画大量卖钱，就以为只要画齐先生那样的画便能卖钱，他却没想，他自己做的棺材能卖钱，是因为它是木头做的，如果是纸糊的即使样式丝毫不差，也不会有人买去做秘器。即使是用澄心堂、金粟山纸糊的也没什么好看，如果用金银铸造，也没人抬得动啊！

　　齐先生大我整整五十岁，对我很优待，大约老年人没有不喜爱孩子的。我有较长一段时间没去看他，他向胡佩衡先生说："那个小孩怎么好久不来了？"我现在的年龄已经超过了齐先生初次接见我时的年龄，回顾我在艺术上无论应得多少分，从齐先生学了没有，即由于先生这一句殷勤的垂问，也使我永远不能不称他老先生是我的一位老师！

　　齐先生早年刻苦学习的事，大家已经传述很多，在这里我想谈两件重要的文物，也就是齐先生刻苦用功的两件"物证"：一件是用油竹纸描的《芥子园画谱》，一件是用油竹纸描的《二金蝶堂印谱》。那本画谱，没画上颜色，可见当时根据的底本并不是套版设色的善本。即那一种多次重翻的印本，先生描写得也一丝不苟，连那些枯笔破锋，都不"走样"。这本，可惜当时已残缺不全。尤其令人惊叹的是那本赵之谦的印谱，我那时虽没见过许多印谱，但常看蘸印泥打印出来的印章，它们与用笔描成的有显著的差异，而宋元人用的墨印，却完全没有见过。当我打开先生手描的那本印谱时，惊奇地、脱口而出地问了一句话："怎么？还有黑色印泥呀？"

及至我得知是用笔描成的，再仔细去看，仍然看不出笔描的痕迹。惭愧啊！我少年时学习的条件不算不苦，但我竟自有两部《芥子园画谱》，一部是巢勋重摹的石印本，一部是翻刻的木板本，我从来没有从头至尾临仿过一次。今天齐先生的艺术创作，保存在国内外各个博物馆中，而我在中年青年时也曾有些绘画作品，即使现在偶然有所存留，将来也必然与我的骨头同归腐朽。诸位青年朋友啊，这个客观的真理，无情的事例，是多么值得深思熟虑的啊！这里我也要附带说明，艺术的成就，绝不是单靠照猫画虎地描摹，我也不是在这里提倡描摹，我只是要说明齐老先生在青年时得到参考书的困难，偶然借到了，又是如何仔细地复制下来，以备随时翻阅借鉴，在艰难的条件下是如何刻苦用功的。他那种看去横涂竖抹的笔画，又是怎样走过精雕细琢的道路的。我也不是说这种精神只有齐先生在清代末年才有，即如在"文革"中，我们学校里有不少同学偷偷地借到几本参考书，没日没夜地抄成小册后，还订成硬皮包脊的精装小册。

齐先生送给过我一册影印手写的《借山吟馆诗草》，有樊樊山先生的题签，还有樊氏手写的序。册中齐先生抄诗的字体扁扁的，点画肥肥的，和有正书局影印的金冬心自书诗稿的字迹风格完全一样。那时王壬秋先生已逝，齐先生正和樊山先生往来，诗草也是樊山选定的。齐先生说："我的画，樊山说像金冬心，还劝我也学冬心的字，这册即是我学冬心字体所写的。"其实先生学金冬心还不止抄诗稿的字体，金有许多别号，齐先生也曾一一仿效。金号"三百砚田富翁"，齐号"三百石印富翁"，金号"心出家庵粥饭僧"，齐号"心出家庵僧"，亦步亦趋，极见"相如慕蔺"之意。但微欠考虑的是：田多为富，印多为贵，兼官多的人，当然俸禄多，但自古官僚们却都讳言因官致富，大概是怕有贪污的嫌疑。如果称"三百石印贵人"，岂不更为恰当？又粥饭僧是寺院中的服务人员，熬粥做饭，在和尚中地位是最为卑下的。去了"粥饭"二字，地位立刻提高了。老先生自称木匠，而不甘作粥饭僧，似尚未达一间。金冬心又有"稽留山民"的别号，齐先生则有"杏子坞老民"之号，就无从知是模拟还是另起的了。金冬心别号中最怪的是"苏伐罗吉苏伐罗"，因冬心又名"金吉金"，"苏伐罗"是外来语"金"的音译，把两个译音字夹着一个汉字"吉"字来用，竟使得齐老先生束手无策。胆大如斗的齐先生，还没敢用"齐怀特斯动"（"怀特斯动"是英语"白石"二字音译）。我还记得，当年我双手捧过先生面赐的那本《借山吟馆诗草》后，又听先生讲了如何学金冬心的画和字，我就问了一句："先生的诗也必学金冬心了。"先生说："金冬心的诗并不好，他的词好。"我当时只有一小套石印的《金冬心集》，里边没有词，我忙向先生请教到哪里去找冬心的词。先生回答说："他是博学鸿词啊！"

齐先生对于写字，是不主张临帖的。他说字就那么写去，爱怎么写就怎么写。他又说碑帖里只有李邕的《云麾李思训碑》最好。他家里挂着一副宋代陈抟写的对联拓本："开张天岸马，奇逸人中龙。抟（下有'图南'印章）。"这联的字体是北魏《石门铭》的样子，这十个字也见于《石门铭》里。但是扩大临写的，远看去，很似康南海写的。老先生每每对人夸奖这副对联写得怎么好，还说自己学过多次总是学不好，以说明这联上字的水平之高。我还看见过齐先生中年时用篆书写的一副联："老树著花偏有态，春蚕食叶例抽丝。"笔画圆润饱满，转折处交代分明，一个个字，都像老先生中年时刻的印章，又很像吴让之刻的印章，也像吴昌硕中年学吴让之的印章。又曾见到他四十多岁时画的山水，题字完全是何子贞样。我才知道老先生曾用过什么功夫。他教人爱怎么写就怎么写的理论，是他老先生自己晚年想要融化从前所学的，也可以说是想摆脱从前所学的，是他内心对自己的希望。当他对学生说出时，漏掉了前半。好比一个人消化不佳时，服用药物，帮助消化。但吃得并不甚多，甚至还没吃饱的人，随便服用强烈的助消化剂，是会发生营养不良症的。

有一次我向老先生请教刻印的问题，先生到后边屋中拿出一块寿山石章，印面已经磨平，放在画案上。又从案面下面的一层支架上掏出一本翻得很旧的《六书通》，查了一个"迟"字，然后拿起墨笔在印面上写起反的印文来，是"齐良迟"三个字。写成了，对着案上立着的一面小镜子照了一下，镜中的字都是正的，用笔修改了几处，即持刀刻起来。一边刻一边向我说："人家刻印，用刀这么一来，还那么一来，我只用刀这么一来。"讲说时，用刀在空中比画。即是每一笔画，只用刀在笔画的一侧刻下去，刀刃随着笔画的轨道走去就完了。刻成后的笔画，一侧是光光溜溜的，另一侧是剥剥落落的。即是所谓的"单刀法"。所说的"还那么一来"，是指每笔画下刀的对面一边也刻上一刀。这方印刻完了，又在镜中照了一下，修改几处，然后才蘸印泥打出来看，这时已不再作修改了。然后刻"边款"，是"长儿求宝"，下落自己的别号。我自幼听说过：刻印熟练的人，常把印面用墨涂满，就用刀在黑面上刻字，如同用笔写字一般。这个说法，流行很广，我却没有亲眼见过。我在未见齐先生刻印前，我想象中必应是幼年听到的那类刻法，又见齐先生所刻的那种大刀阔斧的作风，更使我预料将会看到那种"铁笔"在黑色石面上写字的奇迹。谁知看到了，结果却完全两样，他那种小心的态度，反而使我失望，遗憾没有看到那样铁笔写字的把戏。这是我青年时的幼稚想法，如今渐渐老了，才懂得：精心用意地做事，尚且未必都能成功；而鲁莽灭裂地做事，则绝对没有能够成功的。这又岂但刻印一艺是如此呢？

齐先生画的特点，人所共见，亲见过先生作画的，就不如只见到先生作品的那么多了。一次我看到先生正在作画，画一个渔翁，手提竹篮，肩荷钓竿，身披蓑衣，头戴箬笠，赤着脚，站在那里，原是先生常画的一幅稿本。那天先生铺开纸，拿起炭条，向纸上仔细端详。然后一一画去。我当时的感想正和初见先生刻印时一样，惊讶的是先生画笔那样毫无拘束，造型又那么不求形似，满以为临纸都是信手一挥，没想到起草时，却是如此精心！当用炭条画到膝下小腿到脚趾部分时，只见画了一条长勾短股的九十度的线条，又和这条线平行着另画一个勾股。这时忽然抬头问我："你知道什么是大家，什么是名家吗？"我当时只曾在《桐阴论画》上见到秦祖永评论明清画家时分过这两类，但不知怎么讲，以什么为标准。既然说不出具体答案来，只好回答："不知道。"先生说："大家画，画脚，不画踝骨，就这么一来，名家就要画出骨形了。"说罢，然后在这两道平行的勾股线勾的一端画上四个小短笔，果然是五个脚趾的一只脚。我从这时以后，大约二十多年，才从八股文的选本上见到大家、名家的分类，见到八股选本上的眉批和夹批，才了然《桐阴论画》中不但分大家、名家是从八股选本中来的，即眉批夹批也是从那里学来的。齐先生虽然生在晚清，但没听说学做过八股，那么无疑也是看了《桐阴论画》的。

一次谈到画山水，我请教学哪一家好，还问老先生自己学哪一家。老先生说："山水只有大涤子（即石涛）画得好。"我请教好在哪里，老先生说："大涤子画的树最直，我画不到他那样。"我听着有些不明白，就问："一点都没有弯曲处吗？"先生肯定地回答说："一点都没有的。"我又问当今还有谁画得好，先生说："有一个瑞光和尚，一个吴熙曾（吴镜汀先生名熙曾），这两个人我最怕。瑞光画的树比我画的直，吴熙曾学大涤子的画我买过一张。"后来我问起吴先生，先生说确有一张画，是仿石涛的，在展览会上为齐先生买去。从这里可见齐先生如何认为"后生可畏"而加以鼓励的。但我自那时以后，很长时间，看到石涛的画，无论在人家壁上的，还是在印本画册上的，我都怀疑是假的。旁人问我的理由，我即提出"树不直"。

齐先生最佩服吴昌硕先生，一次屋内墙上用图钉钉着一张吴昌硕的小幅，画的是紫藤花。齐先生跨车胡同住宅的正房南边有一道屏风门，门外是一个小院，院中有一架紫藤，那时正在开花。先生指着墙上的画说："你看，哪里是他画的像葡萄藤（先生称紫藤为葡萄藤，大约是先生家乡的话），分明是葡萄藤像它呀！"姑且不管葡萄藤与画谁像谁，但可见到齐先生对吴昌硕是如何地推重的。我们问起齐先生是否见过吴昌硕，齐先生说两次到上海，都没有见着。齐先生曾把石涛的"老夫也在皮毛类"一句诗刻成印章，还加跋说明，是吴昌硕有一次说当时学他自己的一些皮毛就能成名。当然吴所说的并不会是专指齐先生，而齐先生也未必因此便多疑是指自己，我们可以理解，大约也和郑板桥刻"青藤门下牛马走"印是同一自谦和服善吧！

齐先生在出处上是正义凛然的，卢沟桥事变后，日本侵略者攻占了北平，伪政权的"国立艺专"送给他聘书，请他继续当艺专的教授，被老先生严词拒绝。又一次伪警察挨户要出人，要出钱，说是为了什么事。他和齐先生表白他没叫齐家出人出钱，因此便提出要齐先生一幅画，先生大怒，对家里人说："找我的拐杖来，我去打他。"那人听到，也就跑了。

齐先生有时也有些旧文人自造"佳话"的兴趣。从前北京每到冬天有菜商推着手推独轮车，卖大白菜，用户选购，作过冬的储存菜，每一车菜最多值不到十元钱。一次菜车走过先生家门，先生向卖菜人说明自己的画能值多少钱，自己愿意给他画一幅白菜，换他一车白菜。不料这个"卖菜佣"并没有"六朝烟水气",也不懂一幅画确可以抵一车菜而有余,他竟自说:"这个老头儿真没道理,要拿他的假白菜换我的真白菜。"如果这次交易成功,于是"画换白菜""画代钞票"等等佳话,即可不胫而走。没想到这方面的佳话并未留成,而卖菜商这两句煞风景的话,却被人传为谈资。从语言上看,这话真堪入《世说新语》;从哲理上看,画是假白菜,也足发人深思。明代收藏《清明上河图》的人如果参透这个道理,也就不致有那场祸患了。可惜的是这次佳话,没能属于齐先生,却无意中为卖菜人所享有了。

酒宴乐中之苦

亲朋在家置酒，殷勤相邀，本是大好事。然亦有足以致死之道四焉：

客未到齐时，主人家有人未归时，菜肴有未熟时，主人未饥时，皆须等待，是曰等死；

不问客人前餐何时，客人饥肠辘辘，主人置若罔闻，是曰饿死；

上至山珍，下至野蔌，主人必一一介绍。如出亲手烹调，更必以谦为讪。客人每箸必赞，犹未免隔靴搔痒，难到主人得意处，是曰夸死；

终席夸罢，早已舌敝唇焦。然后揣时间，窥颜色。主人留坐，是实是虚，客人出门，谁先谁后。及至到家一卧，力尽筋疲，不啻生入玉门关，是曰累死。

于是乃知漂母一饭，所以为千古奇恩者，正以其动心忍性，玉成国士，并不在胯下一出之下也。

然尚有待郑重声明者，诸亲朋高情赐饭，有不使我濒此四死者，不在此例。

偶阅《夷坚三志》己卷第七载《善谑诗词》，中有《水饭词》云："水饭恶冤家，些小姜瓜，尊前正欲饮流霞，却被伊来刚打住，好闷人那。不免著匙爬，一似吞沙。主人若也要人夸。莫惜更换三五盏，锦上添花。"乃知宋人虽以水饭享客，亦要人夸也。

《书法丛刊》要出一辑郑板桥的专号，编辑同志约我写一篇谈郑板桥的文章。不言而喻，《书法丛刊》里的文章，当然是要谈郑板桥的书法。但我的腔子里所装的郑板桥先生，却是一大堆敬佩、喜爱、惊叹、凄凉的情感。一个盛满各种调料的大水桶，钻一个小孔，水就不管人的要求，酸甜苦辣一齐往外流了。

我在十几岁时，刚刚懂得在书摊上买书，看见一小套影印的《郑板桥集》，底本是写刻的木板本，作者手写的部分，笔致生动，有如手迹，还有一些印章，也很像钤印上的，在我当时的眼光中，竟自是一套名家的字帖和印谱。回来细念，诗，不懂的不少；词，不懂句读，自然不懂的最多。读到《道情》，就觉得像作者亲口唱给我听似的，不论内容是什么，凭空就像有一种感情，从作者口中传入我的心中，十几岁的孩子，没经历过社会上的机谋变诈，但在祖父去世后，孤儿寡母的凄凉生活，也有许多体会。虽与《道情》所唱，并不密合，不知什么缘故，曲中的感情，竟自和我的幼小心灵融为一体。及至读到《家书》，真有几次偷偷地掉下泪来。我在祖父病中，家塾已经解散，只在邻巷亲戚的家塾中附学，祖父去世后，更只有在另一家家塾中附学。我深尝附学学生的滋味。《家书》中所写家塾主人对附学生童的体贴，例如看到生童没钱买川连纸做仿字本，要买了在"无意中"给他们。这"无意中"三字，有多么精深巨大的意义啊！我稍稍长大些，又看了许多笔记书中所谈先生关心民间疾苦的事，和做县令时的许多政绩，但他最后还是为擅自放赈，被罢免了官职。前些年，有一位同志谈起郑板桥和曹雪芹，他都用四个字概括他们的人格和作品，就是"人道主义"，在当时哪里敢公开地说，更无论涉及板桥的清官问题了。

及至我念书多些了，拿起《郑板桥集》再念，仍然是那么新鲜有味。有人问我："你那样爱读这个集子，它的好处在哪里？"我的回答是"我懂得"，这时的懂得，就不只是断句和典故的问题了。对这位不值得多谈的朋友，这三个字也就够了，他若有脑子，就自己想去吧！又有朋友评论板桥的诗词，多说"未免俗气"，我也用"我懂得"三字说明我的看法。

板桥的书法，我幼年时在一位叔祖房中见一副墨拓小对联，问叔祖"好在哪里"，得到的解说有些听不懂，只有一句至今记得是"只是俗些"。大约板桥的字，在正统的书家眼里，这个"俗"字的批评，当然免除不了，由于正统书家评论的影响，在社会上非书家的人，自然也会"道听途说"。于是板桥书法与那个"俗"字便牢不可分了。

平心而论，板桥的中年精楷，笔力坚卓，章法联贯，在毫不吃力之中，自然地、轻松地收到清新而严肃的效果。拿来和当时张照以下诸名家相比，不但毫无逊色，还让观者看到处处是出自碑帖的，但谁也指不出哪笔是出于哪种碑帖。乾隆时的书家，世称"成刘翁铁"，成王的刀斩斧齐，不像写楷书，而像笔笔向观者"示威"；刘墉的疲惫骄蹇，专摹翻版阁帖，像患风瘫的病人，至少需要两人搀扶走路，如一撒手，便会瘫坐在地上。翁方纲专摹翻版《化度寺碑》，他把真唐石本鉴定为宋翻本，把宋翻本认为才是真唐石。这还不算，他有论书法的有名诗句说"浑朴常居用笔先"，真不知笔没落纸，怎样已经事先就浑朴了呢？所以翁的楷书，每一笔都不见毫锋，浑头浑脑，直接看去，都像用蜡纸描摹的宋翻《化度寺碑》，如以这些位书家为标准，板桥当然不及格了。

板桥的行书，处处像是信手拈来的，而笔力流畅中处处有法度，特别是纯联绵的大草书，有点画，见使转，在他的各体中最见极深、极高的造诣，可惜这种字体的作品流传不多。特别值得一提的是他批县民的诉状时，无论是处理什么问题，甚至有时发怒驳斥上诉人时，写的批字，也毫不含糊潦草，真可见这位县太爷负责到底的精神。史载乾隆有一次问刘墉对某一事的意见，刘墉答以"也好"二字，受到皇帝的申斥，设想这位惯说也好的"协办大学士"（相当今天的副总理），若当知县，他的批语会这样去写吗？

我曾作过一些《论书绝句》，曾说："刻舟求剑翁北平，我所不解刘诸城。"又说："坦白胸襟品最高，神寒骨重墨萧寥。朱文印小人千古，二十年前旧板桥。"任何人对任何事物的评论，都不可能毫无主观的爱憎在内。但客观情况究竟摆在那里，所评的恰当与否，尽管对半开、四六开、三七开、二八开、一九开，究竟还有评论者的正确部分在。我的《论书绝句》被一位老朋友看到，写信说我的议论"可以惊四筵而不可以适独坐"，话很委婉，实际是说我有些哗众取宠，也就是说板桥的书法不宜压过翁刘，我当然敬领教言。今天又提出来，只是述说有过那么几句拙诗罢了！

板桥的名声，到了今天已经跨出国界。随着中国的历代书画艺术受到世界各国艺术家和研究者的重视，一位某代的书画家，甚至某家一件名作，都会有人拿来作为专题加以研究，写出论文，传播于世界，板桥先生和他的作品当然也在其中。我曾在拙作《论书绝句》中赞颂板桥先生的那首诗后，写过一段小注，这是我对板桥先生的认识和衷心的感受。现在不避读者赐以"炒冷饭"之讥，再次抄在下边，敬请读者评量印可：

二百数十年来，人无论男女，年无论老幼，地无论南北，今更推而广之，国无论东西，而不知郑板桥先生之名者，未之有也。先生之书，结体精严，笔力凝重，而运用出之自然，点画不取矫饰，平视其并时名家，盖未见骨重神寒如先生者焉。

当其休官卖画，以游戏笔墨博醵贾之黄金时，于是杂以篆隶，甚至谐称为六分半书，正其嬉笑玩世之所为，世人或欲考其余三分半书落于何处，此甘为古人侮弄而不自知者，宁不深堪悯笑乎？

先生之名高，或谓以书画，或谓以诗文，或谓以循绩，吾窃以为俱是而俱非也。盖其人秉刚正之性，而出以柔逊之行，胸中无不可言之事，笔下无不易解之辞，此其所以独绝今古者。

先生尝取刘宾客诗句刻为小印，文曰："二十年前旧板桥。"觉韩信之赏淮阴少年，李广之诛灞陵醉尉，甚至项羽之喻衣锦昼行，俱有不及钤此小印时之躁释矜平者也。

板桥先生达观通脱，人所共知，自己在诗集之前有一段小叙云："板桥诗文，最不喜求人作叙。求之王公大人，既以借光为可耻；求之湖海名流，必至含讥带讪，遭其荼毒而无可如何，总不如不叙为得也。"多么自重自爱！但还免不了有些投赠之作。但观集中所投赠的人，所称赞的话，都是有真值得他称赞的地方。绝没有泛泛应酬的诗篇。即如他对袁子才，更是真挚地爱其才华，见于当时的一些记录。出于衷心的佩服，自然不免有所称赞，也就才有投赠的诗篇。但诗集末尾，只存两句："室藏美妇邻夸艳，君有奇才我不贫。"这又是什么缘故？袁氏《随园诗话》卷九有一条云："兴化郑板桥作宰山东，与余从未识面。有误传余死者，板桥大哭，以足蹋地，余闻而感焉……板桥深于时文，工画，诗非所长。佳句云：'月来满地水，云起一天山。'……"佳句举了三联，却说诗非所长，这矛盾又增加了我的好奇心。一九六三年在成都四川省博物馆见到一件板桥写的堂幅，是七律一首，云：

晨兴断雁几文人，错落江河湖海滨。抹去春秋自花实，逼来霜雪更枯筠。女称绝色邻夸艳，君有奇才我不贫。不买明珠买明镜，爱他光怪是先秦。（款称："奉赠简斋老先生，板桥弟郑燮。"）

按："女称绝色"原是比喻，衬托"君有奇才"的。但那时候人家的闺阁中人是不许可品头论足的。"女称绝色"，确易被人误解是说对方的女儿。再看此诗，也确有许多词不达意处，大约正是孔子所说"有所好乐则不得其正"的。"诗非所长"的评语大概即指这类作品，而不是指"月来满地水"那些佳句。可能作者也有所察觉，所以集中只收两句，上句还是改作的。当时妾媵可以赠给朋友，夸上几句，是与夸"女公子"有所不同的。科举时代，入翰林的人，无论年龄大小，都被称老先生，以年龄论，郑比袁还大着二十二岁，这在今日也须解释一下的。

还有一事，也是袁子才误传的。《随园诗话》卷六有一条云："郑板桥爱徐青藤诗，尝刻一印云'徐青藤门下走狗'。"又云："童二树亦重青藤，题青藤小像云：'尚有一灯传郑燮，甘心走狗列门墙。'"其后有几家的笔记都沿袭了这个说法。今天我们看到了若干板桥书画上的印章，只有"青藤门下牛马走"一印。"牛马走"是司马迁自己的谦称，他既承袭父亲的职业，做了太史令，仍自谦说只是太史衙门中的一名走卒，板桥自称是徐青藤门下的走卒，是活用典故，童钰诗句，因为这个七言句中，实在无法嵌入"牛马走"三字。而袁氏即据此诗句，说板桥刻了这样词句的印章，可说是未达一间。对于以上二事，我个人的看法是：板桥一向自爱，但这次由于爱才心切，主动地对"文学权威"、翰林出身的袁子才作了词不达意的一首诗，落得了"诗非所长"，又被自负博学的袁子才误解"牛马走"为"走狗"，这就不能不说板桥也有咎由自取之处了。袁子才的诗文，我们不能不钦佩，他的处世方法，也不能说"门槛不精"。他对两江总督尹继善，极尽巴结之能事，但尹氏诗中自注说"子才非请不到"，两相比较，郑公就不免天真多于世故了。

一九九三年七月十七日

玩物而不丧志

"玩物丧志"这句话，见于所谓伪古文《尚书》，好似"玩物"和"丧志"是有必然因果关系的。近代番禺叶遐庵先生有一方收藏印章，印文是"玩物而不丧志"。表面似乎很浅，易被理解为只是声明自己的玩物能够不至丧志，其实这句印文很有深意，正是说明玩物的行动，并不应一律与丧志联在一起，更不见得每一个玩物者都必然丧志。

我的一位挚友王世襄先生，是一位最不丧志的玩物大家。大家二字，并非专指他名头高大，实为说明他的玩物是既有广度，又有深度。先说广度：他深通中国古典文学，能古文，能骈文，能作诗，能填词。外文通几国的我不懂，但见他不待思索地率意聊天，说的是英语。他写一手欧体字，还深藏若虚地画一笔山水花卉。喜养鸟、养鹰、养猎犬、能打猎；喜养鸽，收集鸽哨；养蟋蟀等虫，收集养虫的葫芦。玩葫芦器，就自己种葫芦，雕模具。制成的葫芦器，上有自己的别号，曾流传出去，被人误认为古代制品，印入图录，定为乾隆时物。

再说深度：他对艺术理论有深刻的理解和透彻的研究。把中国古代绘画理论条分缕析，使得一向说得似乎玄妙莫测而且又千头万绪的古代论画著作，搜集爬梳，既使纷繁纳入条理，又使深奥变为显豁。读起来，那些抽象的比拟，都可以了如指掌了。

王先生于一切工艺品不但都有深挚的爱好，而且都要加以进一步的了解，不辞劳苦地亲自解剖。所谓解剖，不仅指拆开看看，而是从原料、规格、流派、地区、艺人的传授等等，无一不要弄得清清楚楚。为弄清楚，常常谦虚地、虔诚地拜访民间老工艺家求教。因此，一些晓市、茶馆，黎明时民间艺人已经光临，他也绝不迟到，交下了若干行业中有若干项专长绝技的良师益友。"相忘江湖"，使得那些位专家对这位青年，谁也不管他是什么家世、学历、工作，更不用说有什么学问著述，而成了知己。举一个有趣的小例：他爱自己炒菜，每天到菜市排队。有一位老庖师和他谈起话来说："干咱们这一行……"就这样把他真当成"同行"。因此也可以见他的衣着、语言、对人的态度，和这位老师傅是如何地水乳，使这位老人不疑他不是"同行"。

王先生有三位舅父，一位是画家，两位是竹刻家。那位画家门生众多，是一位宗师，那两位竹刻家除留下刻竹作品外，只有些笔记材料，交给他整理。他于是从头讲起，把刻竹艺术的各个方面周详地叙述，并阐发亲身闻见于舅氏的刻竹心得，出版了那册《刻竹小言》，完善了也是首创了刻竹艺术的全史。

他爱收集明清木器家具，家里院子大、房屋多，家具也就易于陈设欣赏。忽然全家凭空被压缩到一小间屋中去住，一住住了十年。十年后才一间一间地慢慢松开。家具也由一旦全部被人英雄般地搬走，到神仙般地搬回，家具和房屋的矛盾是不难想象的。就是这样的搬走搬回，还不止一次。那么家具的主人又是如何把这宗体积大、数量多的木器收进一间、半间的"宝葫芦"中呢？毫不神奇，主人深通家具制造之法，会拆卸，也会攒回，他就拆开捆起，叠高存放。因为怕再有英雄神仙搬来搬去，就没日没夜地写出有关明式家具的专书，得到海内外读者的热烈喝彩。

最近又掏出尘封土积中的葫芦器，其中有的是他自己种出来的。制造器皿的过程是从画式样、旋模具起，经过装套在嫩小葫芦上，到收获时打开模子，选取成功之品，再加工镶口装盖以至髹漆葫芦器里子等。可以断言，这比亲口咀嚼"粒粒辛苦"的"盘中餐"，滋味之美，必有过之而无不及！现在和那些木器家具一样，免于再积入尘土，赶紧写出这部《说葫芦》专书，使工艺美术史上又平添出一部重要的科学论著。我们优先获得阅读的人，得以分尝盘中辛苦种出的一粒禾，其幸福欣慰之感，并不减于种禾的主人。

写到这里，不能不再谈王先生深入研究的一项大工艺，他全面地、深入地研究漆工的全部技术。不止如上说到的漆葫芦器里子。大家都知道，木器家具与漆工是密不可分的。王先生为了真正地、内行地、历史地了解漆工技术，我确知他曾向多少民间老漆工求教。众所周知，民间工艺家，除非是自己可信的门徒是绝不轻易传授秘诀的。也不必问王先生是否屈膝下拜过那些身怀绝技的老师傅。但我敢断言，他所献出的诚敬精神，定比有形的屈膝下拜高多少倍，绝不是向身怀绝艺的人颐指气使地命令说"你们给我掏出来"所能获得的。我听说过漆工中最难最高的技术是漆古琴和修古琴，我又知王先生最爱古琴，那么他研究漆工艺术是由古琴到木器，还是由木器到古琴，也不必询问了。他注解过惟一的一部讲漆工的书《髹饰录》。我们知道，注艺术书注词句易，注技术难。王先生这部《髹饰录解说》不但开辟了技术书注解的先河，同时也是许多古书注解所不能及的。如果有人怀疑我这话，我便要问他，《诗经》的诗怎么唱？《仪礼》的仪节什么样？周鼎商彝在案上哪里放？古人所睡是多长多宽的炕？而《髹饰录》的注解者却可以盎然自得地傲视郑康成。这一段话似乎节外生枝，与葫芦器无关。但我要郑重地敬告读者：王世襄先生所著的哪怕是薄薄的一本小册，内容讲的哪怕是区区一种小玩具，他所倾注的心血精力，都不减于对《髹饰录》的注解。

旧时社会上的"世家"中，无论为官的、有钱的、读书的，有所玩好，都讲"雅玩"。"雅"字不仅是艺术的观念，也是摆出身份的标准。"玩"字只表示是居高临下的欣赏，不表示研究。其实不研究的欣赏，没有不是"假行家"的。而"假行家"又"上大瘾"的，就没有不丧志的。怎样丧志？不外乎巧取豪夺，自欺欺人，从丧志沦为丧德。而王世襄先生的"玩物"，不是"玩物"而是"研物"；他不但不曾"丧志"而是"立志"。他向古今典籍、前辈耆献、民间艺师取得的和自己几十年辛苦实践相印证，写出了这些部已出版、未出版、将出版的书。可以断言，这一本本、一页页、一行行、一字字，无一不是中华民族文化的注脚，并不止《说葫芦》这一本！

○

　　有人问"不择纸笔"与"是否定要用上等纸笔才能出好作品"的问题。启先生说："上等纸笔可能会有一些帮助，但不绝对。历史上不少国宝级书画都不是用当时青镂麝璧玉楮龙盘（笔墨纸砚）写成的。在纸笔上下功夫，不如专注于自己的内外功，一是储学一是磨砺。没听说吊嗓子一定要到天坛吧？那戏班里练压腿，也没听说要用金砖吧？……功夫到了，要正式粉墨登场了，置办点行头，也不是不可以。但不能登台砸了戏牌子，跟观众说'在下唱得不好，行头是梅兰芳用过的'，管用吗？"

◉

　　学生问启功先生怎么学写字的，他说："上街时常看到路旁商店的店牌有写得好的，或其中的某个字写得好看，就停下脚步，看看那个字是怎样写的，为什么好看。哦，原来这一笔是这样写的，这几笔是这样安排的，就记下了，以后再写就会了。"学生问："您这说的是什么时候？"他说："现在也是啊。"说得那样坦然，不觉什么"丢份"，也不是故作谦虚，一点矫情的成分都没有。

长之先生以年龄论仅长我两岁，以学识论，实在应该是我的前辈。且不说他的学问，即以他读过的中国古典文史和英、德、法、日等外语的记忆、融贯和表达的能力，也是这种年龄的读书人所不易企及的。

我没上过大学，也不会外文，只从一位老学者读过经、子、文、史的书，学着写古文诗词，承世丈陈援庵先生提拔到辅仁大学教书，中间受尽轻视和排斥。解放后院系调整，到了北京师范大学。旧社会出来的知识分子有一些毛病或说习惯，一是乡贯相同，一是职业相同。今天分析起来，实是语言交流的容易为主要的原因。长之先生虽原籍山东利津，但从小久居北京，和我有绝大的相近关系，后来又有同"派"之雅，如果模拟科举习称，我们相呼"同年"，又有何不可呢！

我在北京师范大学中文系教古典文学，当时有一种"心照不宣"的规律，即文学史必由政治水平高的教师担任。所谓高低，当然在于政治的资历。如果是一位政治上有资格的教师，不论他的业务怎样，也可以讲文学的发展或文学发展的理论。有一位曾和另一位年轻的革命教师有过往还的中年教师，在业务上是东拉西扯，但他曾从那位年纪轻的革命教师那里听来一些革命理论的名词，这样他便常常在讨论中取胜。一次李长之先生讲陶渊明一句"鸡鸣桑树颠"，那位便说与"种桑长江边"有关，姑不论陶氏家是否临着长江，由于这位"半权威"的人说了就必须跟着他牵强附会地去误人子弟。

有一次一位朋友需要讲一位欧洲文学家的生平和他的文学成就，来求李先生帮他的忙，李先生就请他在一旁坐下，自己一边就拿起笔来起草。我由于不在旁边，听当时在旁边的人说，大约一个课时（九十分钟）的时间，即把草稿写成。那位朋友喜笑颜开地拿着那篇草稿走了。这是我得知李先生对外国文学和外国作家的熟悉情况。

李先生写过一篇分析鲁迅的文章，题目用了"批判"二字，那是日文"批评"的同义词。李先生是通日文的，在解放前有许多词汇是由日本文章上引来的，特别是法律上许多词汇，例如：法律、会议、通过、胜诉等。笔者幼年时流行新戏剧被称为"文明戏"，有些人拿着手杖，被称为"文明棍"。一次我说了"文明"二字，被先祖申斥："你跟谁学的这个'新名词'？"后来读了《易经》，见到这两个字，这时先祖已去世了，才知道即使古书上已有的词汇，在今天的用法和含义已不相同，即当做新含义看待了。相传清末有一位达官看到秘书代他起草的一篇文稿中有一个"新名词"，他便批上"某某二字是日本名词，阅之殊为可厌"。他的秘书看到之后又批了一句说："名词二字亦日本名词，阅之尤为可厌。"这位达官也没办法了。李先生在大量袭用日本名词的时代也用了"批判"二字当做"分析"含义文章的标题，没想到解放后这"批判"二字的用法却只作负面的含义来用的，李长之先生的这篇文章便成为"阅之殊为可厌"的"反动"罪证了。

去年我与我校的一位老领导聂菊荪老同志见面，谈到李先生，我说："他在中文系可是'罪大恶极'的人物啊！"聂老说："他最后的解放是我签署的，据我所知：他年轻时通晓几种外文，文笔很快，也比较多，有傲气，得罪人较多。"这时我的胸间所压的一块大石头才像一张薄纸一样地被轻轻揭开，而李长之先生也总算亲手在改正右派分子的文件上签了自己的名字。他在给我的电话中说："感谢当今的领导啊！"

李长之先生的学问、文章，都由他的二女儿李书和女婿于天池搜集编排，终成为这部文集，也是我们这些旧时代过来的知识分子们共同值得安慰和庆贺的！《文集》中绝大多数文章我没读过，只有关于司马迁那部分是曾拜读过的。我一向不敢为朋友的文章作"序"，最多只称"读后记"，但今见《李长之先生著译年表》后感到称"读后记"也不确实，只好标题《我所尊重的李长之先生（代序）》吧！

李叔同先生是我生平最佩服的一位学者。我平生所佩服的学者不止一个人，那就没法说了。我是个宗教徒，那是小时候拜了一位藏密的蒙古僧人，事实上当时刚刚三岁。这样的我是个有宗教思想的人。

　　李叔同先生去世后，有一部介绍他的书，叫做《永怀录》，永远纪念。这是接触过他的人写他的书，介绍他从年轻时到出家的事迹。可惜我手中这本小书，被一位朋友借去，他突然发病去世，此书就找不到了。现在写弘一大师的年谱呀，出家呀，留学呀，多是从这本书中引的资料。我现在所谈李老先生的事迹，也是多半从《永怀录》中得到的印象。后来我遇到与李叔同有关的书我都买，可顺手买了之后又顺手被人拿走。我现在手中还有几件舍不得送给人的。

　　现在我简单说说：李先生年青时候家庭的情况是这样的，他的父亲是位进士，怎么称呼我记不得了。这老先生是位盐商，考上进士。旧社会的人都希望五福，讲究多福、多寿、多男子等，这在《尚书·洪范》中提到。这位李老先生就纳了一个妾，这位如夫人比老先生小得很多，这样就生下了一位李叔同先生。你想想在那样封建的又是商人又是官僚的家中，那矛盾不言而喻，还用详细说吗？后来李叔同先生奉母亲之命到了南方，认识了几位朋友，有"天涯五友"之称，是他年青求学时最好的朋友。后来老太太去世，他们还有从前的房子。他出家以后，还到这房子来过，里面是供有他母亲的遗像还是牌位，我也说不上来了。他跪在那儿，叩头如捣蒜，叩起头来无数，伤心透了，就像是在罐子里捣蒜一样。我对此感觉最深，我觉得恨不能在我父母亲遗像前叩头如捣蒜。但我不配，我连叩头如捣蒜的资格我自己感觉都不配。这是我的感觉，我的回忆。

第二，他在年青时候有艺术思想，他演戏，他演中国戏，演武生。从照片看上去是很英俊的武生。他后来到日本去学习，学什么呢？在东京美术学校学习画西方油画，学习演西方戏剧。只是在《永怀录》中很不具体。在那学习期间，有一位日本女子与他同居。这事毫不奇怪，因为一个年轻人到外国去，旁边有一位外国女子，很容易一拍即合。

我认为李先生是非常的一字一板。有一件事，是有一个人跟他约会，比如说是明天早上九点钟到家里去。他就在九点以前打开窗户往外看，看过了五分钟，那人才来。那个时候我也不知道是不是因为塞车，过了五分钟。现在过五个钟头来不了都不奇怪，因为堵车嘛。就因为过了五分钟，他就告诉那位客人说："你今天迟到了，现在过了五分钟，我不见你了。"他就把窗户关上了。你想想，这种事情，是不是他故意刁难朋友？不是的，他就是这样一种性格。记得印度甘地先生到一个地方去开会演讲，途中被人打搅了，晚到了几分钟。他瞧着表说："你使得我迟到了几分钟，你犯了个错误。"可见印度圣雄甘地就是这样的人，李叔同先生是否学习甘地或别人，我无法判断。但我知道，凡是伟大的人物对于时间的重视是中外古今南北都应该是一个样。我想他这是出于内心的一个判断。所以我说过，李叔同先生就是认真，一切是认真二字。这不是说你欠我一本书，或是欠一笔钱，或是你应许什么没有做到等事，那种认真是很庸俗的。他在时间上一分钟都算上，认为是你犯了错误。所以印度的甘地与中国的李叔同真有异曲同工之妙，这已经超出优点，这是一种微妙的相应的感受，使得他对朋友对时间对事情都是这样。

还有一事，是李先生已经出家了，有人在一间素菜馆请哲学家李石岑吃饭。这位来得晚了点。李叔同先生也没有说什么，在那儿拿念珠，客人们开始喝酒吃饭，李先生拿起个空碗，去接一碗白开水喝。别人让他吃菜，他说我不吃了，我们在戒律上过午不食，现在已经过几分钟，我不能吃了。他那天就是什么都没有吃。过午不食，你说这个人是不是太傻？什么是过午？过午是什么时候？很可靠吗？这午是中国的子午线？跟外国的子午线是不是一个样子？后来大家非常难过，没有想到他竟然因为客人迟到而光喝水，什么也不吃，全场人对他都十分抱歉，让弘一饿了一顿饭，晚饭他也不吃了。事实上他在晚年病死就是胃有毛病，是胃癌吧？所以这是认真。佛将去世时，弟子问佛，您要是去世后，我们听谁的？佛说：以戒律为师。这是佛说的。李先生就是以戒律为师。想起来，李先生一生到死，一字一板，都是以戒律为师。我们现在自由散漫，什么事都可以不按律不按戒来说，算不了什么。但是李先生认为就应该是这样学，就应该这样做，他对此不怀疑。我们则还没有信，我们就先怀疑。比如说我们现在吃东西，我有时也不吃肉，我也不赞成杀某一东西来吃。可是想起来，我也不是按照五戒来守戒律，我只是觉得为我特别来杀生，也不合适。那么，别人已经杀了的，那我也吃。别人杀就活该，我杀就不应该，这种想法不像话。现在也有禁止杀、盗、淫、妄、酒的戒律，沙弥戒，这些小沙弥都要学习的基本五戒。我们呢？今天不杀生，明天别人杀了我又吃，这都合律合戒吗？所以，李先生对于戒律如此看法。本来那天吃饭晚了几分钟，也算不了什么，他就是只喝一碗白水，什么也不吃。他就是这样认真。

日本那位女人跟着他到中国来，他要出家，那位女人说日本和尚也有家，也有子女，你就留我在这儿。她痛哭，而李先生要跟她划清界限，要她回国。我的想法，觉得太残忍了。你就留下她，也没有什么不可以。并且，你曾经跟她同居要好，你现在一刀两断，也有点太残忍了。现在想起来，我自己是庸俗的人，对于这件事，我觉得李先生如果留下她，不也行吗？李先生不是这样。我到现在，在这儿还是画个问号。所以我还是个俗人，他老先生超出三界之外。这是我大胆留下的一个问号。

此外，他不要庙，他做一般的和尚。他出家在一个庙，算这个庙的徒弟，然后各处云游求法。但是他始终没有说是哪一个庙的徒弟。杭州西湖边虎跑是他出家的地方，现在开放为一个纪念弘一大师的展览室，门口外有一个纪念塔，塔里有弘一大师的舍利。

李先生在浙江第一师范学校教书时，有学生丰子恺和刘质平。这两位都是弘一的大弟子，对弘一真正生死不渝。弘一是游方僧，各处去转。如到了上海，就住在丰子恺家里。他对丰先生说："我在你这儿吃饭，你就给我白水煮青菜，搁盐不搁油。"丰先生怎么也不好意思，搁点油在菜里。弘一说："你犯罪了，你犯错误了。我让你不搁油，你还给我搁油。"这搁点油算什么？他又在家中跟丰子恺说："我现在皈依三宝。"皈依三宝后，丰先生跪在地上，弘一对他讲，你现在已经确是不错，能够做到什么什么，但是你还要多一步想出来怎么怎么样。《永怀录》中有大篇的记载。像这样的地方，都是了不起的。丰老先生一直到死都秉承弘一大师遗训，真叫对得起。弘一有这样两个好徒弟，正是他自己做到了，才能够有这样的好徒弟。丰先生在"文革"时候还开玩笑。我有个学生在"文革"期间跑到上海去，看见大伙画的"黑画"展览。所谓"黑画"是什么呢？丰先生画了一个小孩，抱着一个老头。题上"西方出了个绿太阳，我抱爷爷去买糖"。他说西方出了绿太阳，我抱爷爷去买糖。这一下子还活得了？丰先生就挨痛批一阵，但是也没有什么办法，也不能把他枪毙了。这个学生回来告诉我说：看见一幅最好的画。现在想起来，这西方出了绿太阳的画有趣味，假定我们去问丰一吟先生，没有不哄堂大笑的。

　　说到李老先生出家，是怎么回事情？他在学校看见日本人的书上说修炼，七天先少吃，渴了喝水；到了七天，就全不吃了，只有喝水；过了七天后，又逐渐少喝水，吃一点稀米汤；然后逐渐能够由多喝水到少喝水到不喝水；米汤慢慢到喝稠的。这样子由逐渐少吃到不吃，由吃饭改为喝水，再倒过来，又能吃饭。他就这样在虎跑生活，有空就写字。开始还有另一位老居士也在那里叫做弘伞吧？那位学习进步速度很快，但儿子出来干涉，将他接走还俗了。

其进锐者其退速，他也就不出家了。李先生不是这样，他决定出家，就从学校走到虎跑，有一位校役挑着行李跟随。他进了庙立即穿上和尚衣裳，倒一杯茶给校役，称他做居士，请他喝茶。哎呀，这位校役听了非常难过，他是以和尚身份对待校役。校役走到虎跑门口，对着庙大哭。可见他一直到死，对得起这位冲着他大哭的校役，对得起所有的人。他那位日本女士也大哭走了，她回去也不愁没有生活。问题是他出家一切行为都对得起当时对他大哭的人。

谁刺激了李先生出家的呢？之前李先生逐渐在家中添了一个香炉，烧香，供一座佛像，添了一挂素珠，出来也不吃荤，等等。夏丐尊先生跟他开玩笑，说你照这样和尚生活，何不出了家？这是一位最熟的朋友开玩笑的话，他无意说的，李先生就真出了家。夏老先生十分后悔，说我不应该跟他说这种话。这话刺激他一跺脚出了家。如果论功论过，夏先生有责任。

现在再来说他在日本画画的事情。他出家前把所刻图章封存在西泠印社，孤山墙上挖个洞，放在洞里封上，上写"印藏"。（"藏"当名词讲）现在他的画出现了一批，我为什么对这些画不怀疑呢？因为一是刘质平，他是李先生的弟子，搞音乐的。李先生写字时多是刘在旁边服侍，写的字多半是刘卷起来保存。后来刘先生去世，后人把这些保存的字都捐献给国家，这些字都是很少见的。你说这是弘一大师忽然出现一大批谁也没有见过的字，你能说都是假的吗？刘质平所收藏的字要是假的，那才可以说雨夜楼收藏的画也是假的。这事明摆着，如果刘质平收的字是假的，那位雨夜楼主所藏的画就应该全是假的。所以我说就应该验证画里的图章与西泠封存的印章，这可以又是一个证明。刘藏的字跟雨夜楼藏的画就相当。我没有见过那些画，也没有见过雨夜楼主人，但是我从道理来推定。说李先生没有在他自己画上打过图章，这事我也不信。自己辛辛苦苦，画了一张画，能否上头连个图章或签名都没有吗？既然有，也跟孤山墙上印藏的图章核对就够了。从这几方面论证，假定有人与西泠印社勾结起来，在假画上盖章，这怎么可能？我不信。

为什么我认为李先生的那些画不可能是假的呢？第一，就是刘质平和丰子恺都是李的学生，刘先生侍候李先生写字，他卷起来保存。后来一下子拿出若干幅李先生的字。如果现在有人看见刘先生保存的字都未曾出现过，都是刘先生密藏的，经过抗战和种种费劲保存，谁也没有见过，假定有人没有看见过，就说都是假的，这也说不过去吧？就说李先生从日本带回来的画，或者是在国内画的油画也罢，水彩画也罢，这些东西就是雨夜楼所藏的那些画。问题就是说许刘质平藏那些书法，就不许雨夜楼主藏这些画吗？这些画还拿西泠印社印藏校对过。近年因为纪念李叔同先生，把洞挖开，用印章对照画上图章，是他出家以前打的章，没有问题。你说哪个真哪个假呢？既然是他从前的旧印，不是现在打上去的。所以我觉得那些画很可能就是他从前所画，存起来，没有人知道，当时有人收藏了。这就跟刘质平收藏的字稍微有不同，但是经过这么些年，六十多年了吧？那一定要扣住哪一天哪点钟画的画？怎么个手续？由雨夜楼主人藏起来？这个就过于苛求了。依我现在的想法，为什么我相信他呢？就说这种画的画风，在雨夜楼所藏李先生的画确实是一种风格，这种风格在当时、在后来、在大陆上，在所有油画或水彩画中，都是自成一家的。所以我觉得雨夜楼所藏的这些画，风格是统一的，是那个时期某一个人一直画下来的。某一个时代画的，风格一样，我觉得就不应该轻易否定为不真。我没有赶上李叔同先生时代，为什么我能够武断地判断就应该是真的呢？我有这么几个原因，也是客观推论就是这么一个情形。

我想李先生在日本春柳社演戏剧，没有留下什么，只有一点照片，没有录像，也无法要求春柳社都录下像来，录下音来，这是不可能的。只有李先生自己买的头套、束腰，把腰勒得很细，演那个茶花女。这些事都可以串起来，说明春柳社演过这些剧，可以得出一个粗略的轮廓。在那个时代，西方戏剧已经传到日本，李先生在日本就演西方戏剧，还是认真两个字可以包括。他到了日本，并没有什么特殊，在国内时也没有说对外国戏剧有什么兴趣，到了日本也表演一回，很认真地。他自己的身材究竟能不能够达到化妆的地步？我不知道，他就硬这么做。束腰要让我做我绝不干，我只穿过戏装（审头刺汤）照张相片（笑）。李先生能够抑制自然条件，把腰勒细，戴上头套，演茶花女，并且脸上表情也不是出家后的样子。所以我说他认真，包括他行事、做人、求学，对于艺术，都是这样的。

我没有能够像刘质平收集老师艺术作品直接的证据，但是有雨夜楼所收藏的画册。我敬佩李先生生平一切事一分钟都不放过的精神，我想他不可能画了若干幅西方风格的画，他大批拿来骗人。现在虽不是他自己骗人，假定说是后人搞的骗局，假定有人要做李先生的画骗人，也不合逻辑。我所认识的李先生生平性格事迹，一直到出家饿死，他是为戒律不吃饭等，他肯于这样做。我觉得，如果有人要造谣造到这样一位先知先觉的人，这样了不起的出家人头上。这人在佛法、在世间法，都是不可饶恕的。

前几年我到法国凡尔赛宫参观，看凡·高等人的画，也就是这么大小一块，价格无比。至于李叔同先生这人从头到尾，实在是让我衷心敬佩。附带还说一点，据说他去虎跑出家时，他的藏书都分送给学生、朋友了，他只带了一本《张猛龙碑》帖，当然是石印本啦。他写的字很受到《张猛龙碑》的影响。我有半本，我曾给修补，又印出来了。这个《张猛龙碑》，我也特别喜欢，所以我觉得李先生把碑一直带在身边，这不犯戒律。他念佛经，带一本佛经去念，不犯戒。至于李先生写的《四分律比丘戒相表》，这书了不起，他详细分析四分律，这四分律非常复杂，他划出各种限。这书很大的一本，他自己也十分得意，说我这本书你们要翻印多少本。因为他是南山律宗的，这南山律宗在中国已经失传了，他就重新集注南山资料，他是重振南山雄风，重开南山律宗。

我听说雨夜楼保管了这些画，所以，我写这篇鉴定意见，来做一个证明。

（钟少华记录并整理）

先生　我与赵守俨

我和赵守俨先生早先并不熟悉。他在辅仁大学读书时是在经济系，不是国文系，不在我班上，可以说那时候并不认识，虽然我知道学生中有一个叫赵守俨的。守俨先生毕业后，离开了辅仁大学。

实际上，我和赵守俨先生还是有些渊源的，我们有着一位共同的老师：戴姜福（戴绥之）先生。这位戴先生原是赵先生的祖父赵尔丰（清末时曾任四川总督）的幕僚，赵尔丰被革命党砍了头，戴从四川逃到北京（他夫人则因船撞上滟滪堆遇难了）。开始，戴先生在苏州同乡、评政院院长庄蕴宽手下谋事，评政院解散后，与曹大先生（曹元忠）一家来往密切。这位曹元忠先生是我曾祖父任江苏学政时的门人。我在汇文小学、汇文中学念书时，对外语没有兴趣，而愿意念古典文学方面的东西，这一点连亲戚朋友都很清楚。当时曹七先生（曹元森，中医）请戴先生到曹家为子女教课，讲授传统古籍，便让我也上曹家念书。于是我几乎每天从汇文中学下课后就到曹家跟戴先生学习。我以前读过"四书"，戴先生便让我念"五经"，当时还让我买了一部《古文辞类纂》，没有句读的本子，戴先生就让我标点，然后戴先生圈圈点点，把我标错的句子都挑出来改正。我的很多东西，都是戴先生那时候教我的。戴先生还让我买一部浙江局刻的《二十二子》，那时我边看边抄写，有很多东西看不太懂，后来才逐渐明白。那时戴先生在曹家教曹家子女和我，隔天去赵家教赵守俨先生，因此，可以说我们俩是师兄弟。后来，我尊称赵先生师兄，因为我年龄比他大，因此守俨坚持称我师兄。

70年代第二次整理"二十五史"（"二十四史"加上《清史

稿》）时，我被邀参加点校《清史稿》，来到中华书局，和赵先生便日益熟悉了。当时顾颉刚先生是整理"二十五史"的头儿，但由于身体不好，不能每天来书局上班，日常事务就由白寿彝先生负责。实际上，白先生社会活动多，也不常来，说是白先生负责，还不如说是赵先生总管。大家心里都明白，赵先生才是整理"二十五史"的真正负责人，总管日常的具体的工作。赵先生在中华书局人望很高，对同事一向很平和。中华书局的成员脾气性格不一，有时互相之间不免有点小矛盾，也有脾气不好的，但对守俨却都没有不同的看法，大家都很尊敬他。那时，他每天都来上班，对我们的点校工作从不挑剔，不问进度，也不对我们提什么要求和意见，但工作进展如何，有些什么问题，他心里都十分清楚。有时开会他也讲话，也是十分平和的，即使说什么问题也都是诚诚恳恳的，大家也心服口服，很爱戴他，从没人说他这样那样的，都和他有说有笑。当然，这也是因为赵先生做事十分严谨，工作方面很尽职尽责，学问（他是唐史专家）也好，书局有一位最喜欢挑毛病、和别人争辩的先生，也挑不出他的毛病，也从心底佩服他的学问。赵先生是那种修养很好的人，和什么人都能和平共处，从没有人因公事和他争吵的。我觉得，他不仅是修养好，可能天生是这么一种温文尔雅的性格。

一九九三年守俨先生住院时，我去看他，他告诉我决定给他开刀的是医院有名的外科大夫，会给他拉癌。我从医院回来后，就写了一幅字，又画了一幅画，还特别在上款写上那大夫的名字，送到医院去。他认为我特意为他做这些事，很至诚地配合大夫的治疗，激动得哭起来了。可惜，他的病已到晚期，开刀已经无济于事，没有治好，这实在是书局的最大损失。

（二〇〇四年口述，柴剑虹、余喆整理）

辅仁大学创办于1925年，它的创办与我的满族老前辈英华先生的努力分不开。英华先生姓赫舍里氏，字敛之，号万松野人。他是一位虔诚的天主教徒，学识渊博，曾主办《大公报》，又办温泉中学，该校旧址门外南面山上所刻"水流云在"四个大字即是他的手笔。西方学者利玛窦、汤若望、南怀仁曾在明朝、清初先后来到中国传播西方科学文化，但西方传教士对中国的文化教育始终没有产生广泛的影响。20世纪初，列强开始用"庚子赔款"在中国兴办教育，西方教会也在中国兴起办学之风。在这种背景下，英老先生写信给罗马教宗，请求派专门人才来中国创办学校。最初由英老先生联合同人办了一个学术团体叫"辅仁社"，后来罗马派来一个天主教的分会办起辅仁大学。

陈垣先生家世是基督教信徒（路德派），本人又是历史学家，特别是宗教史专家。他在做国会议员和教育部次长时，曾以自己搜罗的元代"也里可温"（天主教）的历史记载向英老先生求教，英老先生即高兴地把自己收集的材料补充给他，于是二人结下友谊。等辅仁大学建校后，英老先生即延聘陈垣先生任校长。当时很多天主教同道不赞成聘任不同教派的人任校长，但英老先生不是拘泥教派成见的人，他深信陈垣先生的人品学问，力排众议，坚持己见，正式聘请陈垣先生任辅仁大学的校长，从此辅仁大学成了学术的大学，而不是教派的大学。

陈垣先生任辅仁大学校长后，曾延聘多位学者到校任教。他看重的是真本领、真水平，而不拘泥哪个党派属性、哪个大学出身、哪个宗教信仰。物理、化学专业多请西方专家，文学院请沈兼士任院长，国文系请尹石公先生任主任，接替他的是余嘉锡先生，历史系请张星烺先生任主任，教授有刘复、郭家声、朱师辙、于省吾、唐兰等先生，可谓人才济济，使得后起的辅仁大学顿时与避寇西南的西南联大南北齐名。得益于是教会学校，尤其是董事会的权力实际由德国人把持，所以在沦陷期辅仁大学处于一种极特殊的地位：由于日本与德国是同盟的轴心国，所以日本侵略者不敢接管或干涉辅仁大学的校务，只派一名驻校代表细井次郎监察校务，而这位日本代表又很识相，索性不闻不问，听之任之，并没给学校带来什么更多的麻烦。为此日本投降后，陈校长还友好地为他送行，真称得上是礼尚往来，"人不犯我，我不犯人"了。因此，在沦陷区，辅仁大学扮演了一个特殊的角色：那些想留在北京继续工作，又不愿从事伪职的学者，那些在北京继续学习，又不愿当日本的亡国奴的青年，便纷纷投向辅仁大学，使它的力量陡然增加，在社会上的影响也日益扩大。我就是在这种背景下进入辅仁大学的，我有一首《金台》诗就是咏这种情景的：

金台闲客漫扶藜，岁岁莺花费品题。

故苑人稀红寂寞，平芜春晚绿凄迷。

觚棱委地鸦空噪，华表干云鹤不栖。

最爱李公桥畔路，黄尘未到凤城西。

金台即指北京，因北京八景有"金台夕照"一说，"故苑"二句即咏沦陷区景色之凋零，"觚棱"二句是写沦陷区"人气"之衰微。"李公桥"即李广桥，辅仁大学所在地，"黄尘未到"就是指日寇的势力还不能笼罩辅仁大学之上。

我能从黄尘压抑的敌伪机关来到这黄尘未到的清净之地，心里自然有一种解放的，甚至扬眉吐气的感觉，心情特别好。我这个人本来就非常淘气，也时常犯点儿坏，心情一愉快，便时常针对时局和学校的一些事编些顺口溜。如当时在一般情况下两个银元可以买一袋白面，但和股票似的，时涨时落，学校管财务、收学费的就要算计，到底收银元好，还是收白面好呢？我就作顺口溜道：

…………

银元涨，要银元，银元落，要白面。

买俩卖俩来回算，算来算去都不赚。

算得会计花了眼，算得学生吃不上饭。

抛出惟恐赔了钱，砸在手里更难办。

当时的校医由生物系的主任张汉民兼任，他做生物系教授挺高明，但做医生却不太高明，动不动就给人开消治龙（一种消炎药），要不就是打防疫针，总是这两样，好像《好兵帅克》里的那位军医，动不动就知道给人灌肠一样。（现在想起来也不能怨他，那时学校肯定也没有别的药，再说日本人对得疫病的真活埋呀！）

而且，他忙于工作和实验，到校医院找他经常扑空，于是我就给他也编了一个顺口溜：

校医张汉民，医术真通神。

消治龙，防疫针，有病来诊找不着门。

当时美术系办得很萧条，特别是西洋画，只学一点低劣的石膏素描和模特写生，而那些模特的水平也很差，都是花俩儿钱从街上临时雇来的，于是我编道：

美术系，别生气。

泥捏象牙塔，艺术小坟地。

一个石膏像，挡住生殖器。

两个老模特，似有夫妻意。

衣冠齐楚不斜视，坐在一旁等上祭。

画成模像展览会上选，挂在他家影堂去。

我还给连续刷我的那位院长写过顺口溜，他当过市参议员和"国大"代表，新中国成立前，赶最后班机逃到台湾，于是我写道：

院长××真不赖，市参议员国大代。

···········

事不祥，腿要快，飞机不来坐以待。

新中国成立后革命老人徐特立先生写信邀请他回来，保证他不会出任何问题，他真的回来了，入华北大学等革命大学学习培训后，安排到北京市文史馆工作。他还特意让他的后太太，也是我认识的辅仁大学美术系的学生，请我到他家去叙叙。我觉得去见他难免两人都尴尬，特别是他要知道我给他写的顺口溜，里面还有大不敬的话，非得气坏了不可，便借故推辞了。

编顺口溜是我的特长，其实我小的时候跟祖父学的那些东坡诗，如《游金山寺》等，就是那时的顺口溜，我早就训练有素，所以驾轻就熟，张口即来。编完后还要在相好的同人间传播一下，博得大家开怀一笑。这时，乖巧的柴德赓学兄就郑重其事地告诫我："千万别让老师知道！"是啊，我当然明白，他好不容易把我招进辅仁大学，我尽干淘气的事，他知道了，还不得狠狠剋我。

淘气的还不止我一个，余嘉锡之子余逊也算一个。当时辅仁大学有一位储皖峰先生，曾做过国文系主任。他喜欢吸烟，又不敢吸得太重，刚一嘬，就赶紧把手甩出去，一边抽，一边发表议论。他有些口头语，和他接触多了常能听到。比如提到他不喜欢的人，他必说："这是一个混账王八蛋。"不知是不是受他的影响，我现在评价我看不上的人时，也常称他为"混账"。又比如他喜欢卖弄自己经常学习，知识面广，就常跟别人说："我昨天又得到了一些新材料。"当别人发表了什么见解，提出意见时，他又常不屑一顾，总是反复说"也不怎么高明""也没什么必要"。于是我们这位余逊学兄把这几句话串起来，编成这样一个顺口溜：

有一个混账王八蛋，偶尔得了些新材料，

也不怎么高明，也没什么必要。

试想，不淘到一定的水平，能编出这样精彩的段子吗？所以这则顺口溜很快就流传开了，闻者无不大笑。当然那位柴德赓学兄又要提醒道："千万别让老师知道！"我至今也不知道，老师和储先生知道不知道这段公案，可惜已无法查对了。

淘气的不光是我们这些年轻老师，有些老教师有时也管不住自己。其实，淘点气，犯点坏也是人之常情，只要适可而止，哪儿说哪儿了，别让上司知道；也要看场合和对象，别让人当面下不来台，闹得无法收拾，就算不了什么大事。就怕戳到人家最忌讳的地方，正像民谚所说："打人别打脸，揭人别揭短。"国文系的尹石公（炎武）先生就赶上这么一档子事，他当时已经做到国文系主任了，他平常爱当面挖苦学生，言多有失，有时难免出格。他有两位学生，一位叫张学贤，一位叫杨万章，一次，他们俩作文没写好，于是尹石公当面讥讽他们道："你居然叫张学贤，依我看你是'学而不贤'者也；你还叫杨万章，我看纯粹是'章而不万'也。"按，"学而"是《论语》中的一章，"万章"是《孟子》中的一章。他的讥刺确实很高雅，很巧妙，他大概也为自己的即兴发挥很得意。不料第二天他再去上课，这二位给他跪下了，说："我们的名字是父母所起，如果您觉得哪个字不好，可以给我们改，我们学业有什么问题，您可以批评，但您不能拿我们的名字来挖苦我们，这也有辱我们的父母。"尹先生一看二位较上真儿了，也觉得大事不好，连忙道歉，问有什么要求没有。这二位也真执著，说："我们也没什么要求，只请求您以后别来上课了。"尹先生一看玩笑开得太大，没法收拾了，便很识趣地写了辞职报告，打点行装，到上海文物管理委员会另谋职业去了，我1957年到上海还见到他。现在想起来，这虽是一时的笑谈，但陈校长的教导"对学生要多夸奖，多鼓励，切勿讽刺挖苦他们"是多么的重要。

关于学生编排老师，还有这样一段传闻，很有意思：有一位老师平时对学生很严厉，上课拿着点名册，对学生说，你要是不好好上课，到期末，我叫你们全不及格，但到期末却很仁慈，让学生都及格了，学生管他叫"兽面人心"。还有一位老师，平时很和气，课堂上总笑嘻嘻的，但到期末给很多学生不及格，学生管他叫"人面兽心"。还有一位老师，平时既很凶，考试时又很狠，大量地给不及格，学生管他叫"兽面兽心"。按道理说，还应该有一种"人面人心"的老师，问学生是否有，学生回答："尚未发现，顶好的也就是'兽面人心'了。"学生的评价当然有偏颇的一面，但这也充分说明，老师要时时刻刻在学生面前注意自己的形象。

当时文学院的年轻教师有牟润孙、台静农、余逊、柴德赓、许诗英、张鸿翔、刘厚滋、吴丰培、周祖谟等。这些人年龄差不多，至多不到十岁，之间可谓"谊兼师友"，经常在一起高谈阔论，切磋学业。抗日战争爆发后，好多位相继离开了辅仁大学，剩下关系比较密切的只有余逊、柴德赓、周祖谟和我四个人还留在陈校长身边，也常到兴化寺街陈校长的书房中去请教问题，聆听教诲。说来也巧，不知是谁，偶然在陈校长的书里发现一张夹着的纸条，上面写着我们四个人的名字，于是就出现了校长身边有"四翰林"的说法，又戏称我们为"南书房四行走"。这说明我们四个人名声还不坏，才给予这样的美称，要不然为什么不叫我们"四人帮"呢？周祖谟先生的公子在提到"四翰林"时，总把周祖谟放在第一位，其实，按年龄"序齿"，应该是余逊、柴德赓、启功、周祖谟。余逊比我大七岁，柴德赓比我大四岁，周祖谟比我小两岁。

余逊是余嘉锡先生的公子，对余老先生非常孝敬，算得上是孝子。余老先生在清朝末年做过七品小京官，清朝灭亡后，曾到赵尔巽家教他的儿子赵天赐读书。尹石公辞职后，经杨树达先生推荐到辅仁大学做国文系主任，所以他对杨先生非常尊敬和感谢。余逊曾在一篇文章中批评杨先生某处考证有误，余老先生竟带着他到杨府，令他跪在杨先生座前当面赔礼。杨先生很大度，连说："用不着，用不着。"余老先生学问优异，博闻强记。国民党统治时，设中央研究院，聘选院士，陈校长是评委，当第二天就要坐飞机到南京参加评选时，晚上余逊到陈校长那儿去，几乎和陈校长长谈彻夜，谈的都是他父亲如何用功，看过哪些书，做过哪些研究，写过哪些文章和著作，取得什么成就和影响等，确实了不得。他也不明说请陈校长如何如何，但用意是非常明显的；陈校长也不说我会如何如何，但心里已是有数的，彼此可谓心照不宣，后来果然评上了。还让曹家麒为他刻了一枚"院士之章"的大印。当然这都是余老先生的实力所致，大家都心服口服。他的二十四卷本，八十万字的巨著《四库提要辨证》，对《四库全书总目提要》的乖错违失做了系统的考辨，并对所论述的许多古籍，从内容、版本到作家生平都做了翔实的考证，对研究我国古代历史、文学、哲学及版本目录学，都具有重要的价值。他为此书的写作前后共耗费了约五十年的心血，确实是一部不朽的著作。其他如《目录学发微》更被别人"屡抄不一抄"（这是他自己的话，意思是抄来抄去），《古籍校读法》《世说新语笺疏》等也都是力作。余老先生的治学非常严谨，他临终前，我到北京大学去探视，他还从抽屉里取出续作的《辨证》的底稿，字迹虽然不像以前那样端正工整了，但依然很少涂改，行款甚直。余老先生在辅仁大学还教过"秦汉史"，这部讲稿是余逊所作，他也毫不避讳，在堂上公开说："讲稿是小儿余逊所作。"父亲讲儿子的讲稿，儿子为父亲写讲稿，两人都很自豪，这在当时也传为美谈。可惜余逊去世较早，否则成就会更大。

柴德赓为人很谨慎，所以当我们淘气时，他总提醒我们千万别让老师知道。他对陈校长很尊重、很崇拜，也很能博得陈校长的喜欢。陈校长这个人有这样一个特点，特别是到晚年，谁能讨他喜欢，他就喜欢谁，认准谁，也就重用谁，即使这个人工于心计（这里的这个词不带任何贬义），或别人再说什么，他也很难听进去了。由于他能得到陈校长的信任，所以陈校长经常把自己研究的最新情况和最新心得告诉他，他也常在课堂上向学生宣传、介绍陈校长的研究成果，在这方面他是校长的功臣。历史系主任一直由张星烺担任，后因身体不好而辞职，陈校长便让柴德赓接任。后来据历史系人讲，有些人发起会议，当面指责他，把他说得一无是处，气得他面红耳赤，最后还是斗不过那些人，被排挤出辅仁大学，到吴江大学（后改为苏州师范学院）去任历史系主任。1970年1月23日在苏州某农场劳动时心脏病突发去世。他在调任苏州后，曾写诗相寄，我读后不禁感慨万千，追忆当年友情，写下一首《次韵青峰吴门见怀之作》：

> 回环锦札夜三更，元白交情孰与京。
>
> 觉后今吾真大涤，抛残结习尚多情。
>
> 编叨选政文无害，业羡名山老更成。
>
> 何日灵岩陪蜡屐，枫江春水鉴鸥盟。

"编叨……"一句是说自己现在只能参加一些编写文选的工作，可以选一些虽非有益，但亦无害的作品，因此特别羡慕柴德赓那些可以藏之名山的著作。确实，柴德赓在历史学研究上卓有建树，令人钦佩。这里存在一个小小争议：陈校长曾有一部历史讲稿，用油印出过一份，柴德赓就根据这份材料加工成自己的《史籍举要》，这里面当然有很多与陈校长内容相同的部分，但这也不好过于追究责备，如古代的《大戴礼记》和贾谊的《新书》，有很多重的地方，也很难说谁抄谁的，可能都是把老师的讲稿放进去造成的。

我们这些学生都怕陈校长的"一指禅"。原来陈校长想批评我们时，常常不用过多激烈的言辞，而是伸出右手食指冲你一指。一看到这个手势，我们就知道自己必定是哪儿出错了。记得柴德赓在谈到清朝爵位时就遭到这样的尴尬。原来清朝为同于古代公、侯、伯、子、男的五等爵位制，也把爵位分为五等，即亲王、郡王、贝勒、贝子、公。"亲王"又称"和硕亲王"，后面是汉语，前面是满语音译，意为四分之一，即他可以拥有皇帝四分之一的权力；"郡王"又称"多罗郡王"，"多罗"是满语降一等的意思，郡王即地方王，清朝已取消郡一级的设置，但仍称郡王，有点不伦不类，滑稽可笑；"贝勒"纯属满语，金朝时称"勃极烈"，汉意为大官、高官，最初女真部落的酋长一般都称"贝勒"；"贝子"比"贝勒"又降一等，金朝时称"勃堇"；"公"是汉族传统，是民爵中最高的一等。比如，溥雪斋的爵位是贝子，他父亲的爵位是贝勒。有一回老师与柴德赓和我等一起聊天，说起溥雪斋父子，我说他们是"勃极烈和勃堇"，陈校长一听就明白了，但柴德赓却一时失检，问道："什么勃极烈、勃堇？"老师于是朝他用右手食指一指，言下之意是你研究历史，怎么连金史也没读过，弄得柴德赓非常狼狈。我想他那天回去一定会连夜翻看金史的。又有一回，我作了一首有关溥心畬的诗，写的是他故宅恭王府的海棠，海棠常称"西府海棠"，"西府"是海棠的品种之一，以西府所产最出名，所以我的诗中有"胜游西府冠城堙"之句，这里的"西府"既指恭王府的故址，更指海棠花。我拿给陈校长看时，柴德赓也正在旁边，突然冒出一句："恭王府又叫西府吗？"显然他又误会了。陈校长仍不说话，又用手朝他一指，柴德赓马上意识到又出错了，脸都红了。牟润孙兄有名士风度和侠义风度，台静农先生被宪兵队关押时，他曾不顾危险地去看望，并一大早跑到我这儿特意关照，不要再去台家。他平常不太注意修边幅，经常忘刮胡子，每逢这时去见陈校长，陈校长就用手朝他的下巴一指，他就知道又忘了刮胡子，惶恐不已。后来就养成每见陈校长必先摸下巴的习惯，但百密仍有一疏，有一回临见校长之前，忽然发现又没刮胡子，回去已来不及了，赶紧跑到陈校长隔壁不远的余嘉锡先生家，找余逊借刀子现刮，那时他们都住在兴化寺街，陈校长住东院，余先生住西院。余嘉锡先生也很风趣，和他开玩笑说："你这是'入马厩而修容'。"原来当年有"曾子与子贡入于其厩而修容焉"（见《礼记·檀弓》）的记载，不想这次让牟润孙赶上了，说罢，大家不由开怀大笑。文人很有意思，有时开个玩笑都显得那么高雅、有品位。

辅仁大学内给我印象最深的地方之一是教员休息室，那里可以称得上是真正的"学术沙龙"，大家自发地在那里组织各种轻松自由的读书会。大家都愿意早来会儿，晚走会儿，或者干脆特意到这里坐一坐，海阔天空地聊一聊，来的又都是各专业的专家，无拘无束，没有一定的话题，没有固定的程序，大家就最近所看的书，所发现的问题，随便借一个话茬就发表一些见解，各说各的，用不着长篇大论，三言两语，点到为止，反而更显真知灼见。即使有时有不同意见，谁也不用服从谁，平等交谈，说完即止。有的话题大家都感兴趣，也许会持续说好几天，有的人会回家查查资料，第二天继续说。有的话题是本专业的，发表意见的机会可能更多；有的是非本专业的，听起来更觉新鲜，也会有很多收获。比如，当时李石曾之子李宗侗翻译了一部摩尔根的《世界古代史》，在学术界影响很大，成了大家一时的话题，大家都纷纷发表意见，我也从中了解了西方史学家的史论，确实人家有人家的一套，值得借鉴，就连陈校长也受到影响，赶紧找来看。这也再次证明陈校长思想一贯开明开放，虽然他是搞中国古代史的，但他绝不死守一面、故步自封，还时刻关切学术界的最新动态。

有时教员休息室又会变成书画展览室，老师们会把自己的书画作品陈列在这里供大家观摩。余嘉锡老先生爱写隶书，有时将自己的作品拿到休息室，用图钉钉在墙上展示一番。一次我花了十二元，买了一张破山和尚的条幅："雪晴斜月侵檐冷，梅影一枝窗上来。"也挂到休息室供大家欣赏。正巧，陈校长推门进来，看了十分喜欢，便开玩笑地对我说："你这是给我买的吧？"我当然连声说"是"，他便高兴地"笑纳"了。我开始还有点舍不得，后来一想这也叫物归其主，因为陈校长历来喜欢收集和尚的书法作品，并且深有研究。原来我对和尚禅僧的书法风格有一点总想不明白：为什么他们的字无论大小，都有一种洒脱疏朗的共同风格？后来和陈校长谈起这个问题，他说，和尚衣服的袖子比一般人都宽大得多，他们写字时一定要用另一只手把袖子拢起，因此必定都是大悬腕，所以写起来，也就格外不拘谨。我听了大受启发，后来格外注意观察和尚写字时的情景，果如陈校长所言。后来我住黑芝麻胡同时，花四元钱买了一副陈兰甫（陈澧）的对联，写得非常好，陈校长听说后特意坐他的专车到我这儿来，进门一看，又说："你这是给我买的吧？"我又连忙坚定地说"是"，心里真佩服陈校长的手段。他知道如果给我们钱，我们也是不会收的，心里反而不踏实，不如用这样开玩笑的方法，彼此更融洽。现在想起这些趣事，他老人家幽默风趣的音容笑貌仿佛就在眼前。但陈校长开这种玩笑是心里有谱的。后来我被划为右派，工资也降了，陈校长知道我生活困难，如果再想要什么字画，就不再这样开玩笑了，而是主动给我钱，让我去代买，我能感受到他打心眼儿里是非常体贴我的。你看，说来说去又回到了老校长身上，他对我的影响真是无时不在、无处不在。

唉，我永远难忘陈老校长对我的似海恩情，永远难忘在辅仁大学度过的美好年华，那古色古香的主楼建筑，那典雅幽静的后花园，那装饰简朴的教员休息室，还有陈老校长"一指禅"的音容和"教师""官吏""三十元""五十岁"的话语，直至今日还常在我的眼前和耳畔浮现缭绕。我珍惜这段美好的时光！

辑三

我的思考与感悟

翻开近百年史来看看，帝国主义者对我国的侵略，真是"无所不用其极"。在文化方面，更是用尽心机，百般地从事破坏和掠夺。蒋介石卖国集团把各类珍贵的文物约七万件盗运到台湾，已经激起全国人民无比的愤怒；最近，美国费城艺术博物馆副馆长霍雷斯·杰尼——这个曾经盗窃过敦煌文物的罪犯，又提出什么"长期出借"的鬼话，企图从台湾把这些珍贵的文物都"送到美国去"。我们知道这些文物是我们祖先几千年来心血的结晶，是中华民族光辉历史的标志，是我们无价国宝的一部分，我们坚决不容许蒋介石卖国集团对它们的窃据，更不能容许美帝国主义者的劫夺。无论这群强盗把这批文物谋夺到什么地方去，今天在共产党和毛泽东领导下站起来了的中国人民，一定要和他们清算到底，全部追回来！

在这批文物里面，最容易受到损坏的是绘画。那些千年上下的古纸、古绢，在潮湿气候的地窖里沉埋不动，它的后果已经不难想象，这使人如何痛心！因此，我们不但绝对不许蒋介石卖国集团把它们断送给美帝国主义侵略者，同时也绝对不许这些珍贵文物受到丝毫损伤！

只就绘画而论，就能看出这批被劫夺的文物具有怎样的重要性。大家都知道，《石渠宝笈》（初二、三编，包括《秘殿珠林》）是清代封建统治者收藏历代书画的总账，其中著录的书画，后来大部分都归故宫博物院保存，尤其是最著名的宋、元屏幛画幅，几乎都在里边（同时也有很多重要的卷册画）。它们对于整个中国艺术发展史的关系，好比一个人的五官、四肢，正是一样也少不得的。

现在，就我在这批绘画里印象最深的几件山水画，如董源的《龙宿郊民图》、巨然的《秋山问道图》、范宽的《溪山行旅图》、郭熙的《早春图》和李唐的《万壑松风图》等来谈一谈它们的历史价值和艺术价值。

董源，这位十世纪后期的绘画宗师，他的遗作屏幛如《溪山行旅》等，都已流入日本。故宫所藏的两大幅《龙宿郊民图》和《寒林重汀》（此画已被盗往日本），又以《龙宿郊民图》最为重要。这幅画的整个布局，表现了江南旷远的江山；鲜丽的青绿设色，描画出江山的明媚风光。从远处的风帆，较近的渡船，和茂密而安静的树木，显出了江天如镜的境界。自山麓草坪到远处板桥上，络绎往来着许多人。近岸两只大船连成一条，上边间隔着竖起旗帜，二十余人在船上联臂跳舞，岸上和船上都有人击鼓伴奏。人物虽然画得极小，但每个人的不同神态都很清楚，他们的愉快表情，和秀丽江山的气氛是完全适应的。这究竟是什么主题呢？

此图传说原名《龙袖骄民》（见阮元《石渠随笔》）。明代詹景凤记成是《龙绣交鸣》。董其昌又题作今名《龙宿郊民图》，说是"宋艺祖下江南"当地人"箪壶迎师"之意。这说法的不通，自不待言；清高宗（弘历）驳了董说，又从龙字上揣想是求雨的事迹，也并没有根据。根据宋元人笔记、词、曲里关于"龙袖骄民"的记载[1]，并从这幅画的具体内容来看，这一作品是反映佳时令节人民愉快活动的。那么，倒真可能是描写南唐国都附近居民的节日生活，而不是什么"箪壶迎师"。因此，它不单纯是一件描写美丽山

[1] 见关汉卿《包待制三勘蝴蝶梦》，张国宾《相国寺公孙合汗衫》杂剧，欧阳玄《圭斋集》《渔家傲》词，《武林旧事》"骄民"条。

川的风景画，而且是一件具有历史意义的风俗画。可见我们古代现实主义的大画家是如何地忠实于现实生活，而这幅作品的价值也就清清楚楚摆在我们面前。

《秋山问道图》是巨然的名作。巨然是董源画派的第一个继承和发展的人。

这幅画以深山邃谷里一区茅屋人家为中心，四周密密匝匝的丛树，重重叠叠的山岩，把画面完全填满，但是路径曲折，层次分明。令人只是感觉仿佛行走在深山之中，并不嫌它迫塞。布局方面：用一条小径分开两边高山，它显出往山里走进去的深度，而且愈显出主山的巍峨雄厚。古代论画山水，讲求"三远"，公认是不易表现，在这幅画里所要求的"高""深""远"，都能充分体现出来。笔墨技法方面：树木茂密，并不混乱。用了各种点叶法——如介字、胡椒等点，也并不成为公式化的符号。大山石中多间杂空白小石，这是描写日光照射的部分，并不是无故地留出许多小白石头。至于全幅的树干、山皴、水草等等长条笔画；以至树叶、石苔那些圆点或短带，调子都是和谐一致的。从这幅画的全面看来，绝不是一些线、点的堆积，而是可以走得进去的一个活生生的现实世界。从这里我们可以体会到，对于正确运用山水画的笔墨技法，正确表现对象是很重要的。巨然的创作，在笔墨运用方面对于后来的画家们影响是很大的，不幸也引起单纯从笔墨上进行模仿的流弊。

我们见过古来多少著名画家的多少山水画作品，都各有其优秀的成就；但是能够把山川的雄奇峻伟体现出来，使观者体会到古代诗人"高山仰止"是个什么感觉的，范宽的《溪山行旅图》应该是首先提出的一件了。

草树蒙茸的主山，几乎占去画面的五分之四，下边树木丛郁，溪涧曲折，山路平阔，又显出高旷的气氛。这是关中一带山川的真实形象，在范宽笔下典型地传写出来。这幅画不但在范宽的许多作品中推为杰作，即在北宋绘画史上也是属于极其重要的一个典范。

范宽是宋代画家中屡次大声疾呼"师诸造化"的一位大师，他曾毅然地"舍去旧习""卜居终南、太华，遍观奇胜"。所以我们相信郭若虚称他为"智妙入神，才高出类"，并不是空泛的恭维。宋人屡次提到他"峰峦浑厚，势状雄强"；说他的画"近视如千里之远""落笔雄伟老硬，得真山骨"；说他所画细节直到人物屋宇等，都极质朴，"后辈目为铁屋"[1]。我们在文献中习见关于他的种种评论，在没有见到这幅真迹以前是很难了解的，现在居然都在这里得到证明。这是多么重要的一件史料啊！

[1] 见刘道醇：《圣朝名画评》，郭若虚：《图画见闻志》，夏文彦：《图绘宝鉴》。

郭熙《早春图》，是北宋的一件重要作品。作者把树木仅仅萌芽和山谷云气蒸发的早春时节的景物，逼真地描写出来。《美术》一九五四年七月号于其灼同志对于这幅画的画境已作了详细分析，这里不再多谈。但是，还有全局的结构，也值得我们重视的。在一幅画面里，高耸的主山，遥远的层叠流泉，在深邃的岩谷里丛聚着的楼台，穿插在中间的旅客，又随处说明这些美丽山川和人们生活的密切关系。这些不可能一眼望去同时见到的种种景物，画家毫不牵强地把它们安置得恰如其分，使观者绝不感觉它们所占地位的不适当和可以任意增减。而通过浓淡的墨彩表现远近的方法，比起前面所谈的巨然的《秋山问道图》，分明又进了一步。这足以说明现实主义画家对于生活的观察是如何深入，如何善于处理题材和刻画形象。这是研究中国山水画结构特点，研究中国古典绘画现实主义手法的好材料之一。

从全画各方面来讲，都称得起是山水画发展道路上的一座巨大的里程碑，我们绝不容许敌人将它盗走！

李唐是身经国变从北宋画院到南宋画院的一位大手笔，他的作品在故宫保存的比较多。其中如《万壑松风图》，写在峻嶒山岩和重叠泉水的环境中一片丛密的松林，使人从画上似乎可以听到松涛的韵律，在今天这样炎暑的时节来看它，真觉得是一个避暑的胜地。款署"宣和甲辰"，还是汴都尚未沦陷时的作品。又《宝笈续编》著录的大幅"雪景"，用坚实的笔力写出风雪中的峭壁寒林，在凄冷的江波中渔樵行旅的生活，表现得非常动人。"江山小景"（卷）写沿江的美景，千岩万壑的内外，有云树、风帆、人家、楼阁，真足使人"应接不暇"。几乎卷中每一小块景物都可以成为一个优美入胜的"镜头"。设色尤其美观。赵构（宋高宗）曾称"李唐可比李思训"，实际上和所传为李思训的作品比起来，李唐的作品更真实、更生动。

在小品中有一个无款的团扇，具有李唐的风格，这里提出谈谈。画面景物简单，只写山坡一角，在向背不同的几棵松树中间有一座茅棚小店，前边插着"望子"，一条小径经过店前，绕向远处

○

　　在启功先生被任命为中央文史研究馆馆长后，有人祝贺说，这是"部级"呢。启功则利用谐音风趣地说："不急，我不急，真不急！"

○

　　中国书协换届，启功先生推荐某先生出任。有人不解，问他："某先生会写字吗？"启先生反问："航空航天工业部的部长会开飞机吗？"

山居秋暝　王維

空山新雨後天氣晚來

秋明月松間照清泉石

上流竹喧歸浣女蓮動

下漁舟隨意春芳歇王

孫自可留　　　啓功

王维句——空山新雨后　二十世纪八十年代作

山里去。几个遥峰，一抹远岸。我们面对画幅首先感到的是一个江南的薄阴天气，远处的山峰和江岸，只用淡墨平拖过去，就使我们感觉到这个环境里的空气湿度。我们从这幅册页小品中也可以看到古代画家的现实主义精神和成就。这仅仅是许多册页小品中的一幅罢了！

以上所谈的不过是被蒋贼盗走的"六千四百二十五幅图画"的末一个尾数，从七万件的总数来说，还不到万分之一。它们在我们的艺术史、文化史和劳动人民的创造史上是具有极其重要的关系的！不写下去了，我们只有把愤怒的心情化为力量，为收回和保护我们民族文化、民族利益而斗争到底！

一九五五年九月

我现在所写的这篇小稿，既够不上什么"心得体会"，也不是"书面检讨"。我的意图，是想说明古典文学，尤其是"唐宋段"的问题之多，阐明之难。我说"失败"，不是要哗众取宠，更不是鼓吹灰心丧志。知难而进，应是我们今天做各项工作共同坚持的精神。怎样知难，似应从认识"难"、解剖"难"、不讳失败开始。

在今天，无论是搞教学或研究，也无论是文学方面或史学方面，都流行着"分段"的问题。当然，一切工作的分工，都是客观的需要。文、史教学研究上的分工，也是必要的或不得已的一项办法。但这分"段"之难，却是显而易见的。

文学发展，常常随着历史的标志为标志，什么朝，什么代，什么初盛中晚，什么前期后期。历史可以拿宣布政权到手的那天，甚至那时那刻为段落。虽然这未免专从外形上立论，因为改朝换代的交替时，政策措施等还会有许多因袭关系，似不能那么一刀切。但究竟有个新统治者上台为标志，有个"元年"为数据。文学和历史，似乎是平行的双轨，却又各不相同的时快时慢，时先时后。文学家们，并非全在"开国"时一齐"下凡"，亡国时一齐"殉节"。清代袁枚最反对把唐诗分为"初中晚"或"初盛中晚"，他屡次提出，被分定为某一期的作家，也许生在这期之前，死在这期之后，又当如何去分，根据什么去分？

这种辩论，只是理论上深入细致的探讨，不是事务上处理解决应急采取的办法。譬如烹鱼，烧头尾和烧中段，从来也没法子规定从第几片鳞为界限去切。所以文学史也只有凭"我辈数人，定则定矣"（《切韵序》）的办法，把这个历史长河，硬切几段。

然而教书毕竟与烧鱼不同，烧鱼可以裹上面糊，用油一炸，断处的剖面，都被掩盖，更不需要它的血脉相通。教文学，则既要在纵的方面讲透它的继承发展关系，又不能侵犯上段和下段。在横的方面它常常关联着兄弟艺术品种，不说清左邻右舍，定不出"主楼"位置；稍为加强说明"邻居"，则又成了罗列现象、侵犯其他门类、重点不突出等等过失。其实一个作家、一个作品的上下、前后、左右都不是孤立的，也不是那么容易说明的，那需要丰富的知识，深切的探索，精练的选择，扼要的表达。真要说得"简要清通"，并非容易的事。反而如按上面所说的那样要求，只把主楼的高度宽度、体积面积、门窗颜色、里边住的是什么人加以形容，角度各不相同，语言绝无重复，一定就像观剧人所说的"一出好戏"那样，博得听课者说是"一堂好课"。

问题是学生求学，是求"好课"的艺术享受，还是求鉴古知今，闻一知十，获得政治思想上、科学知识上的真凭实证呢？

这是在分段和教法上的难处。

段既分了，我分得了"唐宋段"，于是一连串的问题便陆续被我遇到。当时的口号是"以论带史"，所以各种文学都要以论当先，而所举的"史实"，当然要符合所论。于是在各段的课程中，论、史交融的课，当然当先了。这不待言，自是需要理论水平高的教师来主讲，我只能讲一些"作品"（现在我所说的"唐宋段"还太笼统，实际应说"唐宋段作品"才较确切）。

我究竟遇到哪些问题呢？下面不妨"罗列"地谈一谈：

（一）古代作家并不止一人，作品并不止一篇，规定的大纲也分明开列若干人、若干篇。我顺序讲下去后，向"同行"的同事请教，得到的指教，总是说"重点不突出""罗列现象""平列材料"，及至请教怎么就不罗列，怎么就能突出，这位同事也没有传授心法。我后来见到宋朝人作《圜坛八陛赋》的事，写道："圜坛八陛，八陛圜坛，既圜坛而八陛，又八陛以圜坛。"这样反复若干句。阅卷者批道："可惜文中不见题。"我才略有启发，可惜那位先生已作古，无从"重与细论文"了。

（二）古典文学课程所讲的各位作家，当然都是古代人，在唐宋段中当然都是唐宋人。首先遇到的是他们各自是什么出身。这还较好办，去听讲"史"的教师讲他属于大中小哪类的地主，我便随着去讲，总算有些根据。但有些人、有些作品，在大纲中应该讲，而史中却没讲到，就特别感到困难。又有时虽按着史的口径讲了，但一遇到有人问我这一作品中反映的思想意识和他出身经历的关系，又是如何体现的，这时又不能说"等我听完下一堂史课再回答你"。假如"自作聪明"，另编一套，即使我有我的理由，如与史课不相符时，其效果自然可以不言而喻了。

（三）唐代诗人重点，当然李白、杜甫、白居易是足概全唐的代表诗人了。尤其白居易，有他的成套的讽喻诗，理所当然地比李、杜要高得多、重得多。但他却不知为什么自己给自己留一个漏洞：即是他为什么满腔热血一次吐完，以后便只是些闲情逸致的作品。封建文人，情有冷热，并不稀奇，奇在那么"齐"，戛然而止，岂不可怪？我也私下想过：封建帝王不管行的是哪种"政"，他也希望臣民恭维他是"仁政"，如果再想扮演几个节目，当然"纳谏"也是他们常演的节目之一。谏到纳不了的时候，谏官命运便常发生各样悲剧。什么杀头、远贬、降官等等，元、明时还加上打板子。当皇帝纳谏的节目演好了，聪明的诗人，又何敢追着找那些悲剧呢？因此不难了然，白的讽喻诗中，正有符合皇帝需要的作用，也可说是那段节目中的一章伴奏的音乐。必须郑重说明，我这只是想解释讽喻诗为什么戛然而止这个问题中的一些因素，并非妄图贬低讽喻诗那些光焰万丈作品的本身。而当我讲这课时，这类"分析"，又岂能出口呢？

（四）我讲的是古代人（唐宋人）的作品，所选的当然是大纲上提到的，作家的经历思想不可能相同；一个作家的几首作品，内容情调也不可能相同。一次遇到一篇内容积极、情调健康的作品，我讲起来也觉得颇有生龙活虎的力量，也会蒙得听者鼓励性的赞许。可惜作品并不是"作诗必此诗"（苏轼句），于是要求就来了，还要讲成"那样"。然而，古代诗文不能像唐三彩的战马，可以重制若干啊！

（五）在讲思想性之后，当然无所逃其责地要讲艺术性，我自恨并没学过文艺理论，篇章结构、语言辞藻之类的评论，似乎还在旧文论中略闻一二，但一到结构，更常堕入"起承转合"的旧套子，纵然听者不一定看透是哪里来的，而我自己倒受到良心谴责，这不是八股圈子吗？于是虚心地翻翻一些旧印本的评注，奇怪的是这篇评是"刚健清新"，那篇评是"清新刚健"，这篇评是"情景交融"，那篇评是"交融情景"。一个旧本之中，并不觉重叠，几个旧本子之间，就不免同声相应。我若参用（或抄用），便成了鹦鹉学舌；不参用，我也没有新鲜的、独出心裁的评语。只落得"讲艺术性部分太贫乏"的舆论。

（六）讲唐诗，必然关系到四声平仄，讲宋词，又涉及清浊阴阳。我这北方人从小时硬记四声，还较容易，至于清浊阴阳，虽有好心的师友表演给我听，我还是如牛听琴，宫商莫辨。只有从小时受过训练的听平仄、念平仄，习惯一些，似乎应说好办了，但也不是毫无新问题。现在规定的普通话，是"以北方话为基础、以北京音为标准"的。北京音"入派三声"，许多古典诗词中的入声字，在用普通话读起来便成了别的声，如变上、去声的还好，因为上、去同属仄声。如变平声的，那个句子整体的声调就全发生了变化。我不知道听者的感觉如何，只在我自己口中，常像嚼着沙砾一般。有一次讲一首古体诗，篇中有几个律调句，我一时"忘其所以"地按着古韵去诵读，抑扬顿挫，摇头摆尾地高声念了。没想到课间休息时，走廊里竟响起学着我那样抑扬顿挫的声调来朗诵的声音。我才大吃一惊，原来这种传染性有这么大。赶紧在第二堂课上自己郑重声明，以消"毒素"，不意得的反应，却是一阵笑声。我想，愈描愈黑，不要再说了，幸而铃响了，才算解围。

（七）还有令我最难处理的，是前面略提过的"侵犯"旁的段的问题。讲唐诗，当然要讲它的师承，或说来源，才能比较出它的进步和创造。但当我说一些有关六朝的东西，就"侵犯"了"六朝段"的领域，自然成为错误。讲宋词，也需要讲到它的发展和对后世的影响，于是又"侵犯"了"元明清段"的领域。那么既有勾挽钓渡，而又要界限分明，真使我得到过几次的严格训练，可惜训练虽然严格，如果判分数，恐怕还不见得及格。

在水平高的人，不管哪段，当然都能把古代作家作品阐发精详，分析深刻，而在我却是捉襟见肘，狼狈不堪。略举几例，以为自讼；并向当时听过我讲唐、宋文学作品的同志们表示非常的歉意！

一九八四年

"观后感言"这样的题目太旧了吧？不然，字字落实，都有意义。因为我看了这个展览（按，指"中国台北故宫博物院珍藏书画精品复制品展览"），真是"百感交集"！

我现在说的感，则是比较复杂多样，有悲有喜，有谢有盼。不避罗列条文之嫌，分别说说我之所感，呈给尊敬的读者，看看与我有几条"同感"，或还有什么"新感"。

（一）感旧。"感旧"在古代诗集中是个常见的题目，多半是追忆旧游，感怀往事。今天我在展览会场上首先鲜明浮现在脑中的，是五十多年前一幕幕的情景。

那时的故宫博物院曾在院内开放好几个陈列书画的展览室，除了钟粹宫有些玻璃陈列柜外，其他展室有的就把画幅直接挂在墙上，卷册摊在桌案上。有些卷册盖上一层玻璃，有的连玻璃也没有。后来才逐渐只在钟粹宫中展览书画。

当时每张门票是"大洋"一元，但在每月初的一、二、三号，减收为三角。这在我这穷学生不但是异常优惠，此外还有极大好处。每月月初时展品必更换几件，撤去已展多时的，换上还未展过的。这三天内不但可省七角钱，还能看到新东西。重要名作展出的时间较长，往往不轻易撤换，像这次最引人注目的范宽的《溪山行旅图》、郭熙的《早春图》，当时是每次总能看到的。

我现在也忝在"鉴定家"行列中算一名小卒，姑不论我的眼力、学识够上多少分，即使在及格限下，也是来之不易的。这应该归功于当时经常的陈列和每月的更换，更难得的是我的许多师长和前辈们的品评议论。有时师友约定同去参观，有时在场临时相遇，我们这些年轻的后学，总是成群结队地追随在老辈之后。最得益处是听他们对某件书画的评论，有时他们发生不同的意见，互相辩驳，这对我们是异常难得的宝贵机会，可以从中得知许多千金难买的学问。如果还有自己不能理解的问题，或几位的论点有矛盾处，不得已，找片刻的空闲，向老辈问一下。得到的答案即使是淡淡的一句，例如说"甲某处是，乙某处非"，在我脑中至今往往还起着"无等等咒"的作用。

回想当年我在钟粹宫一同参观的老辈已无一存，同学同好，至多只剩两三人。我曾直接受到的教导和从旁得到的见闻，今天在我身上已成了一担分量很重的责任，我应当把它交给后来者，但是又"谈何容易"呢！

（二）感谢。我首先感谢的是各项伟大科学技术的发明，若没有现代先进的摄影、印刷种种技术，也就不会有这些"下真迹一等"、逼真活现的复制品。从文物"价格"上来看，复制品究竟不是原迹，但从它们的艺术效果上讲，应该说是"与真迹平等"的。我也曾见到过西洋的复制技术，例如所印的油画、水彩画作品，使我不但感觉那幅画的内容现于眼前，并且对那件名作的各个组成部分无论用的什么油色、什么水彩、什么布、什么纸，都可一一了然。更妙的是觉得那件作品，可以摸着触手，擎着费力，其实还只是薄薄的一张纸，这样的印刷技术不为不高了吧，但未见印刷中国古代书画有什么杰出的成品。

今天我所见到的日本所做的复制品，从卷册装帧的设计，到书画印刷效果的要求，都做得恰到好处，或说"搔着痒处"。不奇怪，由于文化传统以及对艺术的爱好标准和趣味，我们两个民族之间确实具有极其珍贵的共同基础。在这个基础上所做出的成果之优，自是不言而喻的。相反，违反了它，效果也是不言可知的。

高明的印刷术还能提高现在文物上所存的效果，例如王羲之的《快雪时晴帖》，年代太久了，纸色十分昏暗，已成了酱油颜色，在展览柜中我从来没看清过"时晴"二字，曾猜想快雪堂帖勾摹刻石时大概是"以意为之"的，现在从印本上才看清了它的笔画。又如范宽画的右下部分树林楼阁，我也从来没看清楚过。记得古人记载说范画屋宇笔力凝重，可称"铁屋"，我却说这部分是"铁板"一块黑黑地分辨不清。现在我站在复制品前，欣然自觉和宋代人所见一样了。除了要化验纸质、绢丝等无法解决外，其他部分中即使细微差别，无不可以使人"豁然心胸"的。因此，从利用价值上讲，它的方便处，已足称"上真迹一等"（乃至若干倍）了！

二玄社把这么些中国古书画加以复制，使它们化身千万，二玄社的同人付出的辛劳，怎能不令人由衷地感谢！日本中华书店、中国国际图书贸易总公司和北京故宫博物院的协作，在故宫绘画馆中展出这些复制品，给广大艺术文物爱好者极大的眼福，又怎能不令人由衷地感谢呢！

（三）感想。好端端的一块陆地，因有一条洼陷处，无情的海水，乘低流过，使得这海峡两岸的家人父子夫妇兄弟互不相聚，已若干年了。我们全家祖先的光辉文化，最集中、最突出的标志，莫过于历代文物。这些年来，在中原各省新出土的几乎近于"算数譬喻所不能及"了，以古书画论，也发现了五十年前从来没人见过的许多"重宝"。

现在二玄社已把海峡彼岸的部分古书画精品复制出来，饱了此岸人的眼福，大家看了这次展览之后，彼此交谈，不约而同地想到如何把我们此岸的精品，也给彼岸的同胞、同好们看看。我们都从童年过来的，回忆童年时得到一件好玩具，总想给小朋友看，互相比较、夸耀，中心目的还是共赏。小孩儿如此，我们今天虽早成了"大孩儿""老孩儿"，可以说，我们还是童心尚在、天真未泯的。我设想一旦大大小小的天真孩童相见，心中的酸甜苦辣，谁能不抱头倾诉呢？互有的玩具，共同拿出来比较夸耀一番，岂不是弥天之乐吗？

我个人也可算文物界的一个"成员"，我敢于代表，也确有把握地代表此岸有童心的大小老少诸童们"发愿"，"愿文"一大篇，这里只先说最小的一项：我们愿虚心学习先进的印刷技术；向日本二玄社引进先进的技术，或合作复制此岸的古书画精品，尽快给彼岸的骨肉们瞧；进一步创造条件，使两岸的原迹有并肩展出的机会；再进一步，使两岸骨肉有并肩观看展品的机会。这些机会，有！我相信有。我还相信这机会实现时，大家的眼睛一定都已看不见展品，而是被眼泪迷住了。

一九八五年七月八日

谁都晓得，论起我国古代文物，尤其是古代书画，恐怕要数北京故宫博物院收藏的最为丰富了。它的丰富，并非一朝一夕凭空聚起的，它是清代乾隆内府的《石渠宝笈》所收为大宗的主要藏品。清高宗乾隆皇帝酷好书画，以帝王的势力来收集，表面看来，似乎可以毫不费力，其实还是在明末清初几个"大收藏家"搜罗鉴定的成果上积累起来的。那时这几个"大收藏家"是河北的梁清标、北京的孙承泽、住在天津为权贵明珠办事的安岐和康熙皇帝的侍从文官高士奇。这四个人生当明末清初，乘着明朝覆亡，文物流散的时候，大肆搜罗，各成一个"大收藏家"。梁氏没有著录书传下来，孙氏有《庚子销夏记》，高氏有《江村销夏录》，安氏有《墨缘汇观》。这些家的藏品，都成了《石渠宝笈》的收藏基础。本文所说的故宫书画，即指《石渠宝笈》的藏品，后来增收的不在其内。

一九二四年时，宣统皇帝溥仪被逐出宫，故宫成立了博物院，后来经过点查，才把宫内旧藏的各种文物公开展览。宣统出宫以前，曾将一些卷册名画由溥杰带出宫去，转到长春，后来流散，又有一部分收回，所以故宫博物院初建时的古书画，绝大部分是大幅挂轴。

我在十七八岁时从贾羲民先生学画，同时也由贾老师介绍并向吴镜汀先生学画。也看过些影印、缩印的古画。那时正是故宫博物院陆续展出古代书画之始，每月的一、二、三日为优待参观的日子，每人票价由一元钱减到三角钱。在陈列品中，每月初都有少部分更换。其他文物我不关心，古书画的更换、添补，最引学书画的人和鉴赏家们的极大兴趣。我的老师常常率领我和同学们到这时候去参观。有些前代名家在著作书中和画上题跋中提到过某某名家，这时居然见到真迹，真不敢相信这就是我曾听到名字的那些古人的作品。只曾闻名，连仿本都没见过的，不过惊诧"原来如此"。至于曾看到些近代名人款识中所提到的"仿某人笔"，这时真见到了那位"某人"自己的作品，反倒发生奇怪的疑问，眼前这件"某人"的作品，怎么竟和"仿某人笔"的那种画法大不相同，尤其和我曾奉为经典的《芥子园画谱》中所标明的某家、某派毫不相干。是我眼前的这件古画不真，还是《芥子园画谱》和题"仿某人"的画家造谣呢？后来很久很久才懂得，《芥子园画谱》作者的时代，许多名画已入了几个藏家之手，近代人所题"仿某人"，更是辗转得来，捕风捉影，与古画真迹渺无关系了。这一层问题稍有理解之后，又发生了新疑问：明末的董其昌，确曾见过不少宋元名画，他的后辈王时敏、王原祁祖孙也是以专学黄子久（公望）著名的。在他们的著作中，在他们画上的题识中，看到大量讲到黄子久画风问题的话，但和我眼前的黄子久作品，怎么也对不上口径。请教于贾老师，老师也是董、王的信仰者，好讲形似和神似的区别，给我破除的疑团，只占百分之五十左右。"四王吴恽"（清代六大画家）中，我只觉得王翚还与宋元面目有相似处，但老师平日不喜王翚，我也不敢拿出王翚来与王原祁作比较论证了。这里要作郑重声明的：清末文人对古画的评鉴，至多到明代沈周、文徵明和董其昌为止，再往上的就见不着了。所以眼光、论点，都受到一定的时代局限，这里并非菲薄贾老师眼光狭窄。吴老师由王翚入手，常说文人画是"外行"画，好多年后才晓得明代所称"戾家画"就是此义。

这时所见宋元古画，今天已经绝大部分有影印本发表，甚至还有许多件原大的影印本。现在略举一些名家的名作，以见那时眼福之富，对我震动之大。例如五代董源的《龙宿郊民图》，赵幹的《江行初雪图》，巨然的《秋山问道图》，荆浩的《匡庐图》，关仝的《秋山晚翠图》。北宋范宽的《溪山行旅图》，郭熙的《早春图》，南宋李唐的《万壑松风图》，马远和夏圭的有款纨扇多件。元代赵孟頫的《鹊华秋色图》，高克恭的《云横秀岭图》，黄公望的《富春山居图》等等，都是著名的"巨迹"。每次走入陈列室中，都仿佛踏进神仙世界。由于盼望每月初更换新展品，甚至萌发过罪过的想法。其中展览最久不常更换的要数范宽的《溪山行旅图》和郭熙的《早春图》，总摆在显眼的位置，当我没看到换上新展品时，曾对这两件"经典的"名画发出"还是这件"的怨言。今天得到这两件原样大的复制品，轮换着挂在屋里，已经十多年了，还没看够，也可算对那时这句怨言的忏悔！至于元明画派有类似父子传承的关系，看来比较易于理解。而清代文人画和宫廷应制的作品，已经没有什么吸引力了。

比故宫博物院成立还早些年的有"内务部古物陈列所"，是北洋政府的内务总长熊希龄创设的，他把热河清代行宫的文物运到北京，成立这个收藏陈列机构，分占文华、武英两个殿，文华陈列书画，武英陈列其他铜器、瓷器等等文物。古书画当然比不上故宫博物院的那么多，那么好，但有两件极其重要的名画：一是失款夏圭画《溪山清远图》；一是传为董其昌缩摹宋元名画《小中现大》巨册。其他除元明两三件真迹外，可以说乏善可陈了。以上是当时所能见到宋元名画的两个地方。

至于法书如王羲之《快雪时晴帖》《奉橘》，孙过庭《书谱》、唐玄宗《鹡鸰颂》、苏轼《赤壁赋》、欧阳修《集古录跋尾》、米芾《蜀素帖》和宋人手札多件。现在这些名画、法书，绝大部分都已有了影印本，不待详述。

故宫博物院初建时的书画陈列，曾有一度极其分散，主要展室是钟粹宫，有些特制的玻璃柜可展出些立幅、横卷外，那些特别宽大或次要些的挂幅，只好分散陈列在上书房、南书房和乾清宫东庑北头转角向南的室内，大部分直接挂在墙上，还在室内中间摆开桌案，粗些的卷册即摊在桌上，有些用玻璃片压着，《南巡图》若干长卷横展在坤宁宫窗户里边，也没有玻璃罩。这在今天看来是不可思议的事，也足见那时藏品充斥、陈列工具不足的不得已的情况。

在每月月初参观时，常常遇到许多位书画家、鉴赏家老前辈，我们这些年轻人就更幸福了。随在他们后面，听他们的品评、议论，增加我们的知识。特别是老辈们对古画真伪有不同意见时，更引起我们的求知欲。随后向老师请教谁的意见可信，得到印证。《石渠》所著录的古书画固然并不全真，老辈鉴定的意见也不是没有参差，在这些棱缝中，锻炼了我自己思考、比较以及判断的能力，这是我们学习鉴定的初级的，也是极好的课堂。

不久博物院出版了《故宫周刊》，就更获得一些古书画的影印本。《故宫周刊》是画报的形式，影印必然是缩小的，但就如此的缩小影印本，在见过原本之后的读者看来，究能唤起记忆，有个用来比较的依据。继而又出了些影印专册，比起《故宫周刊》上的缩本，又清晰许多，使我们的眼睛对原作的认识更进了一步。

岁月推移，抗战开始，文华殿、钟粹宫的书画，随着大批的文物南迁，幸而没有遇见风险损失，现在藏于祖国的另一省市。抗战胜利后，长春流散出的那批卷册，又由一些商人贩运聚到北京。故宫博物院又召集了许多位老辈专家来鉴定、选择、收购其中的一些重要作品。这时我已届中年，并蒙陈垣先生提挈到辅仁大学教书，做了副教授。又蒙沈兼士先生在故宫博物院中派我一个专门委员的职务，具体做两项工作：在文献馆看研究论文稿件，在古物馆鉴定书画。那时文献馆还增聘了几位专门委员：王之相先生翻译俄文老档，齐如山先生、马彦祥先生整理戏剧档案，韩寿萱先生指导文物陈列，每月各送六十元车马费。我看了许多稿子之外，还获得参与鉴定收购古书画的会议。在会上不仅饱了眼福，还可以亲手展观翻阅，连古书画的装潢制度，都得到进一步的了解，同时又获闻许多老辈的议论，比若干年前初在故宫参观书画陈列时的知识，不知又增加了多少。

第一次收购古书画的鉴定会是在马衡先生家中。出席的有马衡先生（故宫博物院院长）、陈垣先生（故宫理事、专门委员）、沈兼士先生（故宫文献馆馆长）、张廷济先生（故宫秘书长）、邓以蛰先生、张大千先生、唐兰先生。这次所看书画，没有什么出色的名作，只记得收购了一件文徵明小册，写的是《卢鸿草堂图》中各景的诗，与今传的《草堂图》中原有的字句有些异文，买下以备校对。又一卷祝允明草书《离骚》卷，第一字"离"字草书写成"鸡"，马先生大声念"鸡骚"，大家都笑起来，也不再往下看就卷起来了。张大千先生在抗战前曾到溥心畬先生家共同作画，我在场侍立获观，与张先生见过一面。这天他见到我还记得很清楚，便说："董其昌题'魏府收藏董元画天下第一'的那幅山水，我看是赵幹的画，其中树石和《江行初雪》完全一样，你觉得如何？"我既深深佩服张先生的高明见解，更惊讶他对许多年前在溥先生家中只见过一面的一个青年后辈，今天还记忆分明，且忘年谈艺，实有过于常人的天赋。我曾与谢稚柳先生谈起这些事，谢先生说："张先生就是有这等的特点，不但古书画辨解敏锐，过目不忘，即对后学人才也是过目不忘的。"又见到一卷缂丝织成的米芾大字卷，张先生指给我看说："这卷米字底本一定是粉笺上写的。"彼此会心地一笑。按：明代有一批伪造的米字，常是粉笺纸上所写，只说"粉笺"二字，一切都不言而喻了。这次可收购的书画虽然不多，但我所受的教益，却比可收的古书画多多了！

第二次收购鉴定会是在故宫绛雪轩，这次出席的人较多了。上次的各位中，除张大千先生没在本市外，又增加了故宫图书馆馆长袁同礼先生和胡适先生、徐悲鸿先生。这次所看的书画件数不少，但绝品不多。只有唐人写《王仁昫刊谬补缺切韵》一卷，不但首尾完整，而且装订是"旋风叶"的形式。在流传可见的古书中既未曾有，敦煌发现的古籍中也没有见到[1]。不但这书的内容可贵，即它的装订形式也是一个孤例。其次是米芾的三帖合装卷，三帖中首一帖提到韩干画马，所以又称《韩马帖》。卷后有王铎一通精心写给藏者的长札，表示他非常惊异地得见米书真迹。这手札的书法已是王氏书法中功夫很深的作品，而他表示似是初次见到米芾真迹，足见他平日临习的只是法帖刻本了。赵孟頫说："昔人得古刻数行，专心学之，便可名世。"（《兰亭十三跋》中一条）我曾经不以为然，这时看王铎未见米氏真迹之前，其书法艺术的成就已然如此，足证赵氏的话不为无据，只是在"专心"与否罢了。反过来看我们自己，不但亲见许多古代名家真迹，还可得到精美的影印本，一丝一毫不隔膜，等于面对真迹来学书，而后写的比起王铎，仍然望尘莫及，该当如何惭愧！这时细看王氏手札的收获，真比得见米氏真迹的收获还要大得多。

其次还有些书画，记得白玉蟾《足轩铭》外没有什么令人难忘的了。惟有一件夏昶的墨竹卷，胡适先生指给徐悲鸿先生看，问这卷的真假，徐先生回答是："像这样的作品，我们艺专的教师许多人都能画出。"胡先生似乎恍然地点了点头。至今也不知这卷墨竹究竟是哪位教师所画。如果只是泛论艺术水平，那又与鉴定真伪不是同一命题了。如今五十多年过去了，胡、徐两位大师也早已作古，这卷墨竹究竟是谁画的，真要成为千古悬案了。无独有偶，马衡院长是金石学的大家，在金石方面的兴趣也远比书画方面为多。

[1] 蒙柴剑虹责编告知，巴黎藏敦煌 P·2129 号卷子即为《王仁昫刊谬补缺切韵序》，姜亮夫先生曾论及。

辑三 我的思考与感悟

那时也时常接收一些应归国有的私人遗物，有时箱中杂装许多文物，马先生一眼看见其中的一件铜器，立刻拿出来详细鉴赏。而又一次有人拿去东北散出的元人朱德润画《秀野轩图》卷，后有朱氏的长题，问院长收不收，马先生说："像这等作品，故宫所藏'多得很'。"那人便拿走了。（后来这卷仍由文物局收到，交故宫收藏。）后来我们一些后学谈起此事时偷偷地议论道：窑烧的瓷器、炉铸的铜器、板刻的书籍等等都可能有同样的产品，而古代书画，如有重复的作品，岂不就有问题了吗？大家都知道，书画鉴定工作中容不得半点个人对流派的爱憎和个人的兴趣，但是又是非常难于戒除的。

再后虽仍时时有商人送到故宫的东北流散书画卷册，也有时开会鉴定，但收购不多，而多归私人收藏了。

解放以后，文物局成立，郑振铎先生任局长，王冶秋先生、王书庄先生任副局长，郑先生由上海请来张珩先生任文物处的副处长。这时商人手中的古书画已不能随意向国外出口，于是逐渐聚到文物局来。一次在文物局办公的北海团城玉佛殿内，摊开送来的书画，这时已从上海请来谢稚柳先生，由杭州请来朱家济先生，不久又由上海请来徐邦达先生，共同鉴定。所鉴定的书画相当多，也澄清了许多"名画"的真伪问题。例如梁楷的《右军书扇图》卷和倪瓒的《狮子林图》卷，都有过影印本，这时目验原迹，得知是旧摹本。

后来许多名迹、巨迹陆续出现，私人收藏的名迹，也多陆续捐献给国家。除故宫入藏之外，如上海、辽宁两大博物馆，也各自入藏了许多《石渠》旧藏的著名书画。此外未经《石渠》入藏的著名书画也发现了不少，分藏在全国各博物馆。

《石渠宝笈》所藏古代书画，除流散到国外的还有些尚未发现，如果不是秘藏在私人家中，大约必已沦于劫火；而国内私人所藏，经过十年动乱，幸存的可能也无几了。已发现的重要的多藏于故宫、辽宁、上海三大博物机关，散在其他较小的文物、美术机关的，便成了重要藏品。经过多次的、巡回的专家鉴定，大致都有了比较可靠的结论，但又出现了些微的新情况：即某些名迹成为重要藏品后，就不易获得明确结论，譬如某件曾经旧藏者题为唐代的书画，而经鉴定后实为宋代，这本来无损于文物的历史价值，却能引出许多麻烦。古书画的作者虽早已"盖棺"，而他的作品却在今天还无法"论定"。后以在今天总论《石渠》名迹（包括《石渠》以外的名迹）的确切真伪，还有待于几项未来的条件：（一）科学的鉴别技术，如电脑识别笔迹和特殊摄影技术；（二）全国收藏机关对于藏品不再有标为"重望"的必要时；（三）鉴定工作的发展和其他自然科学研究一样，后来的发明、补充、纠正如超过以前的成果，前后的科学家都不看做个人的高低、得失，而真理愈明；（四）历史文献研究的广博深入，给古书画鉴定带来可靠的帮助。那时，古书画的真名誉、真面貌，必将另呈一番缤纷异彩！

明代吴门文学巨匠宗师，多半身兼诗书画三绝之艺，即仕宦显赫的王鏊、吴宽之流，虽未见丹青遗笔，至少也是诗书兼擅的。三绝的大家，首推沈周，其次是文壁、唐寅。沈氏布衣终身，文氏仅官待诏，唐氏中了个解元还遭到斥革。但他们的名声远播，五百年来可以说是"妇孺皆知"。唐氏又经小说点染，名头之大，甚至超过沈、文，更不用说什么王宰相、吴尚书了。

这些位文艺大师，绝非只凭书画而得虚名的，即以书画论，他们也从来没有靠贬低别人而窃登艺术宝座，更没有自称大师而忝居领袖高名。他们的真迹固然与日月同光，即在当时就有若干人伪作他们的书画。明代人记载屡次提到他们遇到这类情况，不但不加辩驳，甚至还成全贫穷朋友，宁肯在拿来的伪品上当面题字，使穷朋友多卖几个钱，而有钱的人买了真题假画，也损失不到多么巨大。而穷苦小名家得几吊钱，却可以维持一时的生活。所以明代记载这类事迹的文章，并不同于揭发沈、文诸公什么隐私，而是当做美德来称赞的。

这些位三绝大家，首推沈周。沈氏的诗笔敏捷，接近唐代的白居易。常常信笔一挥，趣味极其深厚而且自然。有一次他作了十首《落花诗》，不久即有许多人和作。沈氏接着又作十首，再有人和，他再作十首。据已知的和者，有文壁、徐祯卿、吕慁、唐寅，而沈周自己竟作了三十首。这些诗除曾见沈、唐自写本外，文氏以小楷抄录本流传最多，文氏写本，不仅写了他自己的和作，还常连带写了沈、徐、吕氏的诗。遗憾的是我所见各件文氏小楷写本卷子，多数是伪品，只有一卷真迹，还被不学的人妄加笔画和伪印，但究竟无碍它主体真实的价值。

这卷文氏小楷书《落花诗》真迹，是香港大鉴赏家刘均量先生（作筹）虚白斋中的藏品，刘先生早年受教于黄宾虹先生，不但自己擅画山水，而鉴别古书画，尤具特识。每遇流传名迹，常常看到深处、微处，绝不轻信著录。学识又博，经验又多，所以一些伪品是瞒不过他的眼睛的。我最佩服而且喜欢听他的议论，遇到他指示伪品的伪在何处，常常使人拍案叫绝！他藏的这卷《落花诗》，不但楷法精工，而且署名无讹，可称是我平生所见文氏所写这一组诗的许多卷中唯一可证可信的一卷真品。理由如下：

文氏名壁（从土），字徵明。兄名奎、弟名室，都用星宿名。约在四十岁后，以字行，又取字徵仲。不知什么时候有人误传文徵明原名璧（从玉），还加了一个故事，说因为宋末伟人文天祥抗敌被执，不屈而死，其子名璧（从玉），出仕元朝。文徵明耻与同名，才以字行。按文徵明二十多岁时，即以文章得名，受到老辈重视，并与同时名流文人订交，不应直到四十多岁才知道那个仕于元朝的文璧。即使果真知道得不早，但也会懂得土做的墙壁和玉做的拱璧不是同样的东西。可以说是避所不必避，改所不必改。于是出现了许多玉璧名款的文氏书画。又有人说两种写法名款的作品都是真迹，岂非咄咄怪事！清代同治时吴县叶廷琯撰《鸥陂渔话》卷一有一条题为《文衡山旧名》，详细考证文氏弟兄之名是星宿名的字，是土壁而非玉璧。此书流行版本很多，并不稀见。

清光绪时苏州顾文彬把所藏的法书刻成《过云楼帖》，第八册中节刻了文氏小楷所写《落花诗》。原卷计有沈氏诗三十首，文氏与徐祯卿、吕䓕各十首，共六十首。顾氏刻时刻了沈、文诗各十首和文氏一跋，见顾氏附刻的自书短跋。这二十首诗和一跋中，文氏自书名字处，都是从玉的璧。奇怪的是顾氏与叶氏同是苏州人（顾元和、叶吴县）时代又极接近，似乎未见叶氏的书，或是不承认叶氏的说法，或者他就是"二者都真"论的创始人。

　　刘氏虚白斋藏的这卷，次序是：沈周十首、文壁十首、徐祯卿十首、沈周十首、吕䓕十首、沈周十首、文壁一跋。其中文氏署名处凡五见，沈诗首唱十首后，文氏和答十首，题下署名文壁，那个土字中间一竖写得微短，遂给"玉璧说"者留下了空子，在土字上边挤着添了一小横，总算符合"玉璧说"了，谁知此人性子太急，见了土字就加小横，却没料到，文氏跋中还有四个壁字，那些土字都写得紧靠上边的口字，竟自无处下手去添那一小横，只成一玉四土，即投票选举，也不能不承认土字胜利了。不知何故，文氏未钤印章，于是"玉璧说"者又得机会，加盖了"文璧（从玉）印"和"衡山"两方假印。"文璧印"从玉自然不真，"衡山"印和真印校对也不相符。这两处蛇足，究竟无损于真迹。

　　文徵明自己精楷所录的这卷师友诗篇，何以末尾不盖印章，这有两种可能：一是写成后还未盖印就被别人拿走了；二是自己感觉有不足处，再为重写，这卷暂置一旁，所以未盖印章。我做第二个推测的理由是，文徵明学画于沈周，学文于吴宽，学书于李应祯，每谈到这三位老师时，总是说"我家沈先生、我家吴先生、我家李先生"（见何良俊《四友斋丛说》）。这卷中徐祯卿、吕蒙的诗题中都称"石田先生"，而文氏自己的十首诗题却只题"和答石田落花十首"，分明是写漏了"先生"二字。又最后一首诗第三句"感旧最闻前度（客）"，写漏了"客"字，补写在最末句之下。文氏真迹中添注漏字、误字处极少，可见他下笔时的谨严。任何人录写诗文，不可能绝无错字漏字时，所以没有的，只是不把有错漏字的拿出来而已。这类事如在其他文人手下，本算不了什么问题，而在平生拘谨又极尊师的文徵明先生来说，便应算是一件大事。所以写完了一卷，不忍弃去，又不愿算它是"正本"，便不盖印章。窃谓如此猜测，情理应该不远，不但虚白斋主人可能点头，即文氏有知，也会嘉奖我能深体他尊师的夙志！

○

启先生与一个朋友到无锡游览，朋友用高价买了条丝绸内裤穿，并对先生说："虽然很贵，但穿着真舒服，真轻便，穿上就跟没穿一样。"先生应声说："我不花钱也能得到这样的效果。"

○

启功先生有次去医院看病，护士拿着装有他血液的试管不停地摇晃，启功先生问："你为什么摇晃？"答曰："您的血太稠啦，不摇就会很快凝固，您要少吃肉啦！"恰巧，此时赵朴初先生也来诊病，赵老说："吃了一辈子素，现在也是血脂高。"这下让启老抓住了"反击"的证据："你看，我说一定和吃肉没什么关系嘛！"

蜀相　杜甫

丞相祠堂何处寻
锦官城外柏森森　映
阶碧草自春色　隔
叶黄鹂空好音　三
顾频烦天下计　两
朝开济老臣心　出师
未捷身先死　长使
英雄泪满襟

启功

诗词创作

　　我终生不辍的另一项事业是诗词创作。20世纪80年代后，我陆续出版了《启功韵语》《启功絮语》《启功赘语》共七百多首诗，后中华书局把它们合并到《启功丛稿》"诗词卷"，北京师范大学出版社又出版合卷的注释本，定名为《启功韵语集》。

　　我从小就喜欢古典诗词，当祖父把我抱在膝上教我吟诵东坡诗的时候，那优美和谐、抑扬顿挫的节调就震撼了我幼小的心灵，我觉得它是那么动人、那么富有魅力，学习它绝对是一件有趣的事，而不是苦事。从此我饶有兴致地随我祖父学了好多古典诗词，自己也常找些喜爱的作家作品阅读吟咏，背下了大量的作品，为日后的创作奠定了良好的基础。

　　我开始进行正式的创作是在参加溥心畬等人举办的聚会上，那时聚会常有分题限韵的创作笔会，我日后出版的《启功韵语集》中开头的几首《社课》的诗就是那时的作品。那时溥心畬是文坛盟主，他喜欢作专学唐音的那路诗，甚至被别人戏称为"空唐诗"，受他的影响我也作这种诗，力求格调圆美，文笔流畅、词汇优雅，甚至令溥心畬都发生"这是你作的吗"的感慨。但这种诗并没有更多的个人情志，我之所以这样作，一来是应当时的环境，二来是向他们证明我会这样作。后来我就很少写这样的作品了，三十岁左右写的《止酒》《年来肥而喜睡》等诗就紧扣自己的生活来写，笔调也逐渐放开，那种嬉笑诙谐、杂以嘲戏的风格逐渐形成。如《止酒》写自己的醉态：

··········

　　席终顾四坐，名姓误谁某。

　　踯躅出门去，团栾堕车右。

　　行路讶来扶，不复辨肩肘。

　　明日一弹冠，始知泥在首。

··········

　　而那种传统的调子我也没丢。新中国成立后、反右前我没怎么作诗，大概那时教学和文物鉴定工作都比较忙。反右后我的很多热情都被扼杀了，如绘画，但诗词创作却是例外，大约是"诗穷而后工"的法则起了作用，但我从来没直接写过自己的牢骚，只是写自己的一些生活感受，如《寄寓内弟家十五年矣。今夏多雨，屋壁欲圮，因拈二十八字》：

　　东墙雨后朝西鼓，我床正靠墙之肚。

　　坦腹多年学右军，如今将作王夷甫。

　　说自己多年学习书法，而现在发愁的是将要被快倒的墙压死。1971年借调中华书局整理"二十四史"，是我苦中作乐、多事之秋比较闲在的一段，也是我诗词创作较为活跃的一段。那时我身体不好，患有严重的眩晕症，经常天旋地转，甚至晕倒。这一段光歌咏患病的作品就有十五六首之多，再加上那时我已年过"知天命"之年，对世事人生都看开了，于是那种自我调侃、自我解嘲的风格达到了高峰。也许有人对我的这些诗有不同的看法，贬我的人说我油腔滑调，捧我的人说我超脱开朗，这也许都不无道理，但如果把它放在那个时代来看，大概我只能自己开自己的玩笑了。如《鹧鸪天》"就医"：

> 浮世堪惊老已成，这番医治较关情。一针见血瓶中药，七字成吟枕上声。　屈指算，笑平生。似无如有是虚名。明天阔步还家去，不问前途剩几程。

"文化大革命"后，特别是"拨乱反正"后的20世纪80年代、90年代是我诗词创作的高潮，八成的作品都是作于这一时期。内容包括奉答友人、题跋书画、论诗论艺、生活随感、题咏时事、记录旅迹等，可能是与古代所有的诗人一样，我自觉晚年的作品更趋于风格多样和"渐老渐熟"，框框更少，写起来更加随意了。以上是我对创作道路的简单回顾。

总结一生的诗词创作，我有以下一些体会：

首先，我认为作古典诗词就应该充分发挥古典诗词的优点和特色，这首先体现在优美的格律上。我从小喜欢诗词并不是因为它的文字，而是它的韵律，因为那时我对文词的意义并不真正了解。韵律包括协韵和平仄，它体现了汉语诗歌的音乐性。从广义上说，中国的诗歌始终是一种音乐文学，而不仅是案头文学。最初的诗三百、乐府，以及后来的宋词、元曲都是可唱的，而且很多唐诗也是可唱的，称为"声诗"，而其他的诗也是可以吟诵的。这显然是由汉语语音本身的特点决定的。汉语的音节多以元音结尾，舒展悠扬，押韵效果强。而汉语又属于有声调的汉藏语系，本身带有高低起伏、抑扬顿挫的变化，我们必须利用这种特点组合语言，从而达到美诵与美听的效果，否则岂不白白浪费了这个特点？如果把诗篇比成一座美丽的殿堂，那么汉语的语言材料就不仅是一堆砖头，怎么砌都一样；组合好了，它就可以变成优美的浮雕，因为它本身就带有优美的艺术性。我们的先人自古就发现、利用了这一特点和优点，才创造了具有民族特色的中国诗歌。有一种观点认为中国的声律学是起自六朝沈约等人，而他们之所以发现四声的特点又是在翻译佛经时受到梵文的启发。我坚决反对这种观点，说它是崇洋媚外也不过分。只要我们翻翻《诗经》《楚辞》以至《史记》，就能找到大量的例证，证明古人早就在诗中，甚至是散文中注意到语言的声调搭配，只不过到六朝时逐渐找到声调的最佳组合，逐渐形成了规律，产生了更为严格、也更为优美的律诗，而后的词曲句式仍然要符合它的基本要求。

我们今天写古诗，特别是律诗和使用律句的词，一定要坚持这些固有的原则，但随着时代的发展，也应做一些技术上的调整。简而言之可以概括为"平仄须严守，押韵可放宽"十个字。所谓"平仄须严守"，是因为只有按照平平仄仄这样的音调去排列组合，声音才能好听，才能把汉语的音调特色发挥出来，而不至埋没它的光彩。这里存在这样一个问题：即自《中原音韵》产生后，那时的北方话和现在的普通话已经没有了入声，它们分别派入到平声、上声、去声中。在读古诗时，派入到上声和去声对普通话问题还不大，派入平声，如果按照格律此处本应读仄声，则必须按古音读，如不会读古入声，哪怕按通例读成和缓的降调也好，因为只有这样才能读出韵律之美。而我们在作律诗时，按规律本应读仄声的地方使用了派入为平声的古入声字，这本不错，读时就按入声处理即可；而该平声的地方，最好不要使用派入平声的古入声，不得已而用时，最好注明"按今音读"，这样才能保证平仄的严格性。所谓"押韵可放宽"，是因为从《切韵》《广韵》《礼部韵略》、"平水韵"直到后来的《中原音韵》、"十三辙"，说明汉语押韵的现象和方法是在不断变化的，大趋势是逐渐由苛细到宽简。古代的《韵书》大多只对当时诗赋科考有制约力，而一般的文人在平时作诗时也不会刻意地遵循它，宋代的杨万里、魏了翁等都有明确的言论提及这种现象。而在科考中也不断出现很难遵守韵书的情况，如清代的高心夔两次科考都因押"十三元"韵出了问题，从而两次以"四等"的成绩而落榜，以致王闿运讥讽他为："平生双四等，该死十三元。"既然押韵是随着时代语音的发展变化而变化的，我们今天作诗当然也可根据现代语音的特点有所变化。原来我还是比较讲究用古韵的，但总不能身上老带一本韵书啊，比如住院，无法检点是否合韵书，只好凭自己的感觉来合辙押韵，起初还以用十三辙或词曲韵之类为借口，后来越发的手滑，索性怎么顺口怎么来。因为"韵"本身就带有平均、和谐、顺溜的意思，比如有人批评南朝和尚支遁喜养马为"不韵"，请问和尚养马有什么韵不韵的问题？就是因为马贵腾骧，僧贵清净，所以显得不协调。因此只要念着顺口，听着顺耳，就是合辙押韵。后来我在《启功絮语》中写了这样四句话作为对这个问题的总结：

用韵率通词曲，隶事懒究根源。

但求我口顺适，请谅尊听絮烦。

其次，我认为反映现实、表现生活应有多种形式。就事论事、直抒胸臆是一种方式，寄托、比兴也是一种方式。两种方式因人而异，因事而异，不能说哪种优于哪种。我们北京师范大学有位钟敬文先生，诗作得很好，承蒙他看重，他对我的诗谬赏有加。但我们两人的写法却很不一样，他属于那种纯写实的写法，每首诗的题目都紧扣现实，都是根据当时的某一事件而来的，写起来也多采取直抒胸臆的手法。而我则认为诗不应太直接地叙写时事，不应太就事论事，而要把它化为一种生活感受和思想情绪加以抒发，写的时候应更多地采取寄托、象征的手法，也就是借助写景咏物等手法来委婉含蓄地加以表现。反过来说，寄托象征、委婉含蓄不等于不写实，只是另外的一种写实，这也是中国古典诗歌的传统之一。总之我们应该全面正确地理解表现生活、反映现实，不要把它理解得太机械、太死板、太表面化。如我写的《杨柳枝二首》：

绮思余春水一湾，流将残梦出关山。

王孙早惜鹅黄缕，留与今朝荡子攀。

青骢回首忆长杨，玉塞春迟月有霜。

一样春风吹客梦，独听羌管过临潢。

这两首诗表面看来和传统的借咏柳而写离别并没什么不同，但它的含意远不这样简单。这首诗作于1944年汪精卫死于日本之后，第一首"流将残梦出关山"指汪精卫最后叛离祖国，"王孙"指清末摄政王载沣，"荡子"指日本人，当年汪精卫刺杀摄政王，未遂被捕，摄政王反而保释了他，才给他留下日后投靠日本人的机会，成了日本人任意摆弄的工具，而汪精卫本人则像是"这人攀了那人攀"的"杨柳枝"。第二首"玉塞春迟月有霜"是说东北沦陷后一直没有明媚的春光，后两句用典：当年金灭北宋，曾扶植刘豫傀儡政权，刘豫失宠后被迫徙于金人指定的临潢，并死在那里，这和汪精卫最后被弄到日本，并死在日本一样。应该说我这首诗的主题完全是写实的，只是和一般的直抒胸臆的写法不同罢了，我更偏爱含蓄、寄托的手法。当然，我也有直接写实的作品，如我一连气作了八首《鹧鸪天》，写"乘公共交通车"的拥挤状况，不是"身经百战"的人是写不出来这样亲身感受的。

还有，我主张"我手写我口"，或者说得更明白、更准确些是"我手写我心"，即一定要写出真性情，真我。我曾写过这样的诗句："天仙地仙太俗，真人唯我髯苏。"我认为苏轼的诗之所以好，主要是因为他写出了真性情。"美成一字三吞吐，不是填词是反刍。"我之所以不喜欢周邦彦的词，是因为他在表情时总是吞吞吐吐，把没味道的东西嚼来嚼去。"清空如话斯如话，不作藏头露尾人。"李清照的词之所以可爱是因为她敢于用明白如话的语言写自己的真情实感，而从不隐藏。"非惟性癖耽佳句，所欲随心有少陵。"杜甫的伟大不仅在于他善于锤炼，"语不惊人死不休"，更在于他的随心所欲，不受任何局限地表现自己的所思所想。"我爱随园心剔透，天真烂漫吓人时。"袁枚的真心没有一丝的矫揉造作，始终葆有童真一般的天真烂漫，仅凭这一点就够惊世骇俗了。"有意作诗谢灵运，无心成咏陶渊明。"谢灵运的诗之所以不好是因为他太做作了，而陶渊明的诗之所以好，恰恰是因为他的无心，而无心才能无芥蒂，无芥蒂才能有真性情。我觉得诗的最高境界是："佳者出常情，句句适人意。终篇过眼前，不觉纸有字。"——让读者不必在文字上费工夫就能领略作者的情意。总而言之就是要做到诗中有我，让别人一读就知道是"我"的诗。

我觉得我很多诗大抵能达到这一点。如我的《痛心篇》二十首，文辞都很简单明了，但都是我"掏心窝子"的话，我觉得我对老伴的真情根本不需要通过修饰去表达，最家常、最普通、最浅显的话就能，也才能表达我最真挚、最独特、最深切的感情，这就是"不觉纸有字"吧。很多读者喜欢它，也是由于读出了其中的真感情。又如我这个人喜欢"开哄"，因此诗中常有些"杂以嘲戏"的成分，正像我自嘲的那样"油入诗中打作腔"，我以能表现自己的这个特点为能事，使人一看就知道这是启功的诗，而不怕别人讥我的诗是"打油诗"。这就是"我手写我口"——把自己的个性表现出来。如我爱拿自己的病和不幸经历来调侃，别人给我写诗是绝对不会这样写的，而和我有同样经历的人，由于性格不同，大概也不会这样写。如调侃我的眩晕症的《转》：

> 别肠如车轮，一日一万周。
>
> 昌黎有妙喻，恰似老夫头。
>
> 法轮亦常转，佛法号难求。
>
> 如何我脑壳，妄与法轮侔。
>
> 秋波只一转，张生得好逑。
>
> 我眼日日转，不获一睢鸠。
>
> 日月当中天，倏阅五大洲。
>
> 自转与公转，纵横一何稠。
>
> 团栾开笑口，不见颜色愁。
>
> 转来亿万载，曾未一作呕。
>
> 车轮转有数，吾头转无休。
>
> 久病且自勉，安心学地球。

我想，只有像我这样得过眩晕症，又熟读过韩愈诗和《西厢记》，并喜说佛法，且敢于自嘲的人才能写出这样的诗。又如我的

《自撰墓志铭》：

中学生，副教授。

博不精，专不透。

名虽扬，实不够。

高不成，低不就。

瘫趋左，派曾右。

面微圆，皮欠厚。

妻已亡，并无后。

丧犹新，病照旧。

六十六，非不寿。

八宝山，渐相凑。

计平生，谥曰陋。

身与名，一齐臭。

有人称这类诗为"启功体"或"元白体"，起码说明它写出了我的个性，对这个称号我是非常愿意接受的。

最后，我认为应该把继承传统与勇于创新结合起来。现在古典诗词的创作热潮空前高涨。但想写出好作品却不容易，它必须符合两个基本的原则：既要继承，又要创新。就继承说，因为我们要创作的是旧体诗词，所以无论从形式到神韵都必须有古典的味道，否则仅把句式切割成五言、七言或规定的长短句，然后完全用今人的思维方式、审美情趣和表达方式来写，即使写得再好，恐怕也难称为旧体诗。就创新说，因为是当代人写，所以不但要写出时代气息，而且要在创作风格上体现出新特点、新发展，否则从语言到情调都是旧的，那如何称当代人的作品？与其如此，还不如径直去读古人的作品，因为在这范畴内，我们做不过古人。只有将继承和创新完美地结合在一起，才是当代人写的古典诗词，才有价值。

这里面有很多具体问题。比如词汇和语言的运用，我们既要能熟练地掌握一大批生动精练、仍然富有生命力的古典词汇、古代典故，建立一个丰富的古典语库，使创作出的作品富有古色古香的书卷气；又要巧妙而恰当地使用现代词汇，现代典故，因为我们生活在新时代，不可能完全回避新词汇、新语言。如果在大量的作品中居然看不到任何新语言，那我们真要怀疑这些作品到底有多少新思想、新内容了。当然只有古典典故，一说病就是"文园消渴"，也过于贫乏。所以我的诗里面既有"函丈""宫墙""绛帐""后堂丝竹"等称老师、教席的古典词汇，也有"此病根源由颈部。透视周全，照遍倾斜度。骨刺增生多少处。颈椎已似梅花鹿"及"真成极右派"这样大量使用现代词语和典故的作品。写到手滑处，甚至出现了"卡拉OK唱新声""一堆符号A加B"的句子，这种句子是好是坏，读者可以自加评判，我的意思是说一定敢于使用新语，而且要把使用古典语与使用现代语相结合。还要善于用浅显语写深意境，这比生搬硬套艰涩深奥的语言最后只能表达不知所云的意思要好得多。我有些诗就是追求这种效果，如《古诗二十首》"其九"：

老翁系囹圄，爱猫瘦且癞。

七年老翁归，四人势初败。

病猫绕膝号，移时气已塞。

人性批既倒，猫性竟还在。

当然继承与创新的最主要方面是在格调、意境、神韵上，是在古色古香的旧体形式上体现出新思想、新情感，也就是说，我们的观点、内容不能被传统题材、传统形式和传统手法所掩盖。比如说感慨时光易逝，人生苦短这是自古以来的传统题材，一般人作起来很难跳出古人的窠臼，于是我这样写：

造化无凭，人生易晓。请君试看钟和表。每天八万六千余，不停不退针尖秒。　已去难追，未来难找。留他不住跟他跑。百年一样有仍无，谁能不自针尖老！

又如古来咏王昭君的诗词数不胜数，怎么能再写出新意？我在《昭君辞二首》的小序中写了这样一段话，可以代表我在这个问题上的观点：

古籍载昭君之事颇可疑，宫女在宫中，呼之即来，何须先观画像？即使数逾三千，列队旅进，卧而阅之，一目足以了然。于既淫且懒之汉元帝，并非难事。而临行忽悔，迁怒画师，自当别有其故。按俚语云："自己文章，他人妻妾"，谓世人最常矜慕者也。昭君临行所以生汉帝之奇慕者，为其已为单于之妇耳。咏昭君者，群推欧阳永叔、王介甫之作。然欧云："耳目所及尚如此，万里安能制夷狄"，此老生常谈也。王云："汉恩自浅胡自深，人生乐在相知心"，此激愤之语也。余所云："初号单于妇，顿成倾国妍"，则探本之意也。论贵诛心，不计人讥我"自己文章"。

不论我的这篇文和两首诗是否能达到"诛心"之论，但力求立论新颖、深刻毕竟是我追求的首要目的。

　　古人称孔子作《春秋》，一字之褒，荣于华衮；一字之贬，严于斧钺。这种说法，是说明一种有意识的表扬或挞伐的写作态度。在这文责有人自负的情况下写出来的议论，不管他的论点是否可被接受，总归有人负责，而信不信由得读者。比如在今天也不会有人因为《明史》把李自成列入"流寇传"就承认他是流寇。

　　误人最厉害的，却是一些"偷梁换柱"的错字。这种情况有几类：一类像陆游《老学庵笔记》所谈，有人误读麻沙坊本的《易经》，以致弄得考卷上"金"字"釜"字混淆，留下笑柄。这是书店粗制滥造、校勘不精的无心错误。第二类是旧社会的讼师、刑吏们舞弊，故意弄错了字，使得案情颠倒。这后一类，法律所关，也并不常见。而前一类经典书籍，旁证众多，即像《易经》一书，自古到南宋，抄本和刻本，恐怕绝不止数千百种，所以错误的发现也不太难。最麻烦的，要数下边谈到的第三类。

　　著名的校勘学家，翻刻宋元著名版本，或者由于粗枝大叶，或者由于自作聪明的妄加窜改，因为人和版本都太著名，所以使得后来的读者容易"信受奉行"。唐代"性颇暗劣"的"昌黎生"乱改"金根车"为"金银车"，不过自招耻笑；而名家的妄改，则不但今人受骗，也能使古人蒙冤。举个例子。

　　我因为搞唐诗，研究到韩偓，由于学问浅薄，史事不熟，只好现查诗人的事迹和旁人对他的评价。查了《唐书》，又看《资治通鉴》，念到昭宗天复元年（901年），给事中韩偓对皇帝一片治国安邦的谏议，昭宗"深以为然"，还说："此事终以属卿。"往下，胡三省在注中有批评了。他说：

> 呜呼！世固有能知之言之，而不能究于行者，韩偓其人
> 也。（标点据新版校点本）

我从胡三省的说法里看到韩偓原来不过是一个"能言不能行"的人物罢了。但是我又怀疑，难道《唐书》所说的那种"腕可断，麻不可草"的精神，还够不上胡三省所悬的标准吗？再翻翻陈垣先生《通鉴胡注表微》看怎样说，《校勘篇》里说：

> 据此注是身之有憾于韩偓，此鄱阳胡氏覆刻元本臆改注文
> 之误也。王深宁晚岁自撰志铭曰："其仕其止，如偓如图。"图
> 者司空图，偓即韩偓。吾始疑深宁与身之同境遇，深宁以偓自
> 况，而身之对偓独有微词，苦思不得其解，固不疑注之被妄改
> 也。

原来陈先生也早有此疑。但怎样才发现是胡刻臆改呢？再看：

> 偶阅丰城熊氏校记，云："元本'而不能'作'而不行'，
> '行'字绝句，校者误连下读，故臆改'行'字为'能'，而不
> 知其义大反矣。胡注岂詈偓，偓岂有可詈哉？如此校书，真是
> 粗心浮气。"云云。乃恍然注之被改，而非身之果有憾于偓也。

我赶紧查查有句读的本子，是否有所纠正。通行的胡刻和翻本，固然都没有句读，我手里所用的是一部涵芬楼的排印本，正文加了句读，注文却没有加。再查最近新版校点的《资治通鉴》，即如前所引虽然加上了叹号、逗号和句号，而"能"字仍依胡刻，似未查原书。原来元刻的注文和它的读法是这样：

> 呜呼！世固有能知之、言之，而不能行，究其行者，韩偓其人也。

这个"能"字究竟是哪位自作聪明的人改的呢？《表微》说：

> 鄱阳胡氏覆刻《通鉴》，主其事者为顾千里，著名之校勘者也。而纰缪若此。夫无心之失，人所不免，惟此则有心校改，以不误为误，而与原旨大相背驰。熊氏诋之，不亦宜乎！且陈仁锡评本不误，而覆刻元本乃误，不睹元刻，岂不以陈本为误耶？顾氏讥身之望文生义，不知望文生义，只著其说于注中，未尝妄改原文也，顾君覆刻古籍，乃任意将原文臆改，以误后学，何耶？事关尚论古人，不第校勘而已，故不惜详为之辩。（《表微》原文所称"身之"是元初的胡三省，"鄱阳胡氏"是清代胡克家，"王深宁"是元初的王应麟，"丰城熊氏"是清代熊泽元，"顾千里"是清代顾广圻。）

那么顾广圻的错误是怎样造成的？原因不外乎两个：（一）念不通注文；（二）妄改注文来凑合主观的念法。有人反问：安知不是胡刻底本这里有残缺而补错了呢？回答是：如果真有残缺，现放着明代陈仁锡刻本，为什么不去对一对？

《通鉴》自胡刻本行世后，又有很多翻胡刻本。明刻本数量既少，不久胡本原刻和翻刻也感到不敷用，而各种排印本又陆续大量出现，但多数是胡本系统。于是二百年来，像韩偓这位称得起是个爱国的诗人就跟着蒙了这些年的不白之冤，宋遗民大史学家胡三省也成了不公正的批评家。这不能不说是顾广圻懒惰的后果。更可惜的是后来校勘学家章钰先生汇聚许多珍本来校勘，只校了宋本正文，没有带手校一校注文。熊译元校记较早于章校，也兼顾了注文，但未被人注意。可见胡刻之虚名夺人，而耽误事也在这里。而我呢，懒惰得更可恨！得到《表微》这本书，已经整整的十年了，今天才第一次参考，可是就从这一次里，不但得到古人关于韩偓评价的真相，而且受到治学应该如何谨严的一次教训。我这里也引王伯厚的一句话并引申来说，便是：只要"开卷"，就会"有得"！

一九五六年十二月二十一日

在报纸上读到关于王勃《杜少府之任蜀州》诗的讨论，不觉技痒。虽然报纸上《文学遗产》编者一次综合报道，类似作了总结，但我抱着求教的心，还是写出这篇短文。比如会议讨论既毕，也不妨补上一段书面发言。

鄙意以为读诗宜如孟子所说"不以文害词，不以词害志，以意逆志，是为得之"。又凡诗中思路，常有跳跃，如果一律按逻辑发展，前有"因为"，后有"所以"，即使好散文，也并不能完全这样，何况是诗？反过来，一首诗又必有它的思路线索，在跳跃中，也必仍有呼应。所以我觉得王勃这一首诗，也宜于"以意逆志"去读它。

讨论的发端，在于"城阙辅三秦"一句，这句既不那么顺理成章地容易串讲，又偏偏遇上版本方面有异文。通行本"辅三"，《文苑英华》收录这首诗正文也作"辅三"，但有注说："集本作俯西。"可惜王勃集我没见过宋本，《文苑英华》所据的，当然起码是宋本。日本唐时钞本只剩几段残卷，里边又没有这首诗。后世的选本，有的索性折中而用之作"俯三秦"，便又成了后人另造的第三种本子了。

解释诗文，必按某本所出某字，不宜主观地随便改字，这是著书、注书的人共同信守已久的原则。杜甫《秋兴》中普通选本都作"五陵裘马自轻肥"，但无论直接间接所见的宋本，都作"衣马"。以逻辑论，"裘马"胜于"衣马"，以版本论，还是应该从"衣马"。名人诗中字句，并不是易讲者即坏，而难讲者即好。只是要"名从主人""字从版本"而已。

王勃这句诗，既有两种本子的异文，便宜先加判断。但两种本子都有它的根据，只好先看"辅三"和"俯西"的区别：如果从"俯西"，那就是说在长安城阙之上俯看西秦地区，这本不必推敲。问题偏偏出在宋人单选用"辅三"，而以"俯西"为仅备参考的异文，足见不以所见"集本"为优，这就造成了今日大家探讨的问题了。

　　现在先从"城阙辅三秦"全句来谈：我们知道唐宋人宴集，特别是送别宴会，常在城门楼上。唐人的例子很多，即宋人如范仲淹《岳阳楼记》的岳阳楼，也是岳阳的城门楼。王勃所写，即是登楼远望的情景。以长安首都为中心，茫茫四顾，这片视野中，乃至包括诗人意识中，有多少城市。这些城市，都是"皇畿"的外围，起着辅佐"皇畿"的作用。"三秦"为什么算指"皇畿"，因为"三秦"即是杜甫所说的"秦中自古帝王州"的秦中，它具有"帝王州"的性质，而长安即是它的集中代表。自有受四外城市夹辅的资格。那么城阙即指登楼所见的四野城市。按这个线索讲下去，又遇到"城阙"一词的问题。

　　施蛰存先生提出"城阙"不一定只有首都才得被称，真是至理名言。我请再补一些旁证。"京"或"京城"，是首都的专称，自然无疑。但"京城太叔"的京城，就不是郑国的首都。至于"阙"，本是阙口的意思，古人在一条通道的起手处，立上两个标志，表示两者之间，即是入口。可知"阙"原是路口，后来把标志路口的垛子叫做"阙"，已是引申义了。这种垛子在河南有太室、少室等堆垛形的汉阙，西南地方还有冯焕、沈君等碑形的汉阙保留至今。它们都是两物相对，很像后世的门垛子。太室等"阙"还可以说是山镇祀典所用，而冯沈等"阙"，仅是当时官员的墓道门垛，也可用"阙"。后来帝王都城或宫苑门前筑起两个望楼，或竖起两个华表，传说也是自双阙蜕变而来的。专从词汇来讲，后世习惯中，"魏阙""宫阙""陵阙"成为帝王专利品外，"城阙"就不尽那么严重了。杜甫《野老》诗"王师未报收东郡，城阙秋生画角哀"，钱谦益注："两京同南都，得云城阙。""城阙"还有得云不得云的资格之分。成都虽曾称南都，但在这里的诗意分明说的城上驻军吹的号角声。注重在城，而不是注重在都，不然他何不说"都会秋生""都市秋生""都鄙秋生"呢？记得近年动乱期间，有人在文章中用了"华灯"一词，又有人在报上说，天安门前的路灯既被称做华灯，旁处的灯就不应再叫华灯了。钱注杜诗，和这种见解真有异曲同工的味道。

再说"风烟望五津"。风烟好懂，是指迷漫的风尘烟雾一类的东西，它们专能遮住视线。解为从有风烟处以望五津，或说五津的方向，望去只见风烟，都无关紧要，只表示去处路程之远而已。

综观二句，是一近一远。近是送别时聚首宴会所在地长安；远是杜少府一路远行的去处。近是横看，远是纵望。

"与君离别意，同是宦游人"，这二句似乎不存在什么问题，但宜注意的是杜往蜀州，不是还乡，而王勃的家乡，也不在长安。他们虽然一去一留，其为离乡游子，并无两样。作者表示自己也同是宦游之客，用以安慰去者，以减轻离怀，用意实更深入一步。

"海内存知己，天涯若比邻"，这一联本是两个名句，近年又因曾被作过外交辞令而更加烜赫。我们把它收回到这整首诗中来看，作者的诗思线索更为分明。三秦、五津都是唐土，"海内"一词，字字落实，绝非什么"五湖四海""海说""海报"等词的"海"，而是"祖国领土之内"的同义词。那么"天涯"一词也就同样不是泛词了。从唐代那时的交通条件和长安至蜀州的距离路程看，再从三秦、五津的纵横角度看，真如李白所说的"难于上青天"。在今天不过两小时的飞机行程，在清代专差大臣走起来，也要三个月，那么唐代的条件还禁得起比吗？可见这一句的分量，不仅在"若比邻"这种动人的夸张了。了解了这些艰难，才能知"歧路沾巾"并非古人感情特别脆弱，也可知其非一般套语了。

后世作诗，讲究"炼字""炼句"，常常炼得使人读不明白时，才成为火候到家。但真正大诗人的佳作，却常是词达理举的。王安石有一句"暝色赴春愁"，"赴"字颇不易理解，有的本子作"起"，也不知哪个是王安石的原本。这二字之间，也没什么可以轩轾的。清代王士禛论诗绝句却说："不是临川王介甫，谁知暝色赴春愁。"而他也没说出"赴"何以好，"起"何以坏。照这样论诗，岂不可以立刻作千百句！如套两联说："不是襄阳杜子美，谁知衣马自轻肥"，"不是龙门王氏子，谁知城阙辅三秦"，岂不也算独具只眼了吗？平心而论，这首诗在初唐五律中，确推绝唱。而"城阙辅三秦"，也确是不太好讲的句子。

辑四

春风不改
旧时波

陈垣先生是近百年的一位学者，这是人所共知的。他在史学上的贡献，更是国内国外久有定评的。我既没有能力一一叙述，事实上他的著作具在，也不待这里多加介绍。现在当先生降诞百年，又是先生逝世第十年之际，我以亲受业者心丧之余，回忆一些当年受到的教导，谨追述一些侧面，对于今天教育工作者来说，仍会有所启发的。

我是一个中学生，同时从一位苏州的老学者戴姜福先生读书，学习"经史辞章"范围的东西，作古典诗文的基本训练。因为生活困难，等不得逐步升学，一九三三年由我祖父辈的老世交傅增湘先生拿着我的作业去介绍给陈垣先生，当然意在给我找一点谋生的机会。傅老先生回来告诉我说："援庵说你写作俱佳。他的印象不错，可以去见他。无论能否得到工作安排，你总要勤向陈先生请教。学到做学问的门径，这比得到一个职业还重要，一生受用不尽的。"我谨记着这个嘱咐，去见陈先生。初见他眉棱眼角肃穆威严，未免有些害怕。但他开口说："我的叔父陈简墀和你祖父是同年翰林，我们还是世交呢！"其实陈先生早就参加资产阶级革命，对于封建的科举关系焉能那样讲求？但从我听了这句话，我和先生之间，像先拆了一堵生疏的墙壁。此后随着漫长的岁月，每次见面，都给我换去旧思想，灌注新营养。在今天如果说予小子对文化教育事业有一滴贡献，那就是这位老园丁辛勤灌溉时的汗珠。

一、怎样教书

我见了陈老师之后不久，老师推荐我在辅仁大学附属中学教一班"国文"。在交派我工作时，详细问我教过学生没有，多大年龄的，教什么，怎么教。我把教过家馆的情形述说了，老师在点点头之后，说了几条"注意事项"。过了两年，有人认为我不够中学教员的资格，把我解聘。老师后便派我在大学教一年级的"国文"。老师一贯的教学理论，多少年从来未间断地对我提醒。今天回想，记忆犹新，现在综合写在这里。老师说：

（一）教一班中学生与在私塾屋里教几个小孩不同，一个人站在讲台上要有一个样子。人脸是对立的，但感情不可对立。

（二）万不可有偏爱、偏恶，万不许讥诮学生。

（三）以鼓励夸奖为主。不好的学生，包括淘气的或成绩不好的，都要尽力找他们一小点好处，加以夸奖。

（四）不要发脾气。你发一次，即使有效，以后再有更坏的事件发生，又怎么发更大的脾气？万一发了脾气之后无效，又怎么下场？你还年轻，但在讲台上即是师表，要取得学生的佩服。

（五）教一课书要把这一课的各方面都预备到，设想学生会问什么。陈老师还多次说过，自己研究几个月的一项结果，有时并不够一堂时间讲的。

（六）批改作文，不要多改，多改了不如你替他作一篇。改多了他们也不看。要改重要的关键处。

（七）要有教课日记。自己和学生有某些优缺点，都记下来，包括作文中的问题，记下以备比较。

（八）发作文时，要举例讲解。缺点尽力在堂下个别谈；缺点改好了，有所进步的，尽力在堂上表扬。

（九）要疏通课堂空气，你总在台上坐着，学生总在台下听着，成了套子。学生打呵欠，或者在抄别人的作业，或看小说，你讲得多么用力也是白费。不但作文课要在学生座位行间走走。讲课时，写了板书之后，也可下台看看。既回头看看自己板书的效果如何，也看看学生会记不会记。有不会写的或写错了的字，在他们座位上给他们指点，对于被指点的人，会有较深的印象，旁边的人也会感觉兴趣，不怕来问了。

这些"上课须知"，老师不止一次地向我反复说明，唯恐听不明，记不住。

老师又在楼道挂了许多玻璃框子，里边随时装入一些各班学生的优秀作业。要求有顶批，有总批，有加圈的地方，有加点的地方，都是为了标志出优点所在。这固然是为了学生观摩的大检阅、大比赛，后来我才明白也是教师教学效果、批改水平的大检阅。

我知道老师并没搞过什么教学法、教育心理学，但他这些原则和方法，实在符合许多教育理论，这是从多年的实践经验中辛勤总结得出来的。

二、对后学的诱导

陈老师对后学因材施教，在课堂上对学生用种种方法提高他们的学习兴趣，在堂下对后学无论是否自己教过的人，也都抱有一团热情去加以诱导。当然也有正面出题目、指范围、定期限、提要求的时候，但这是一般师长、前辈所常有的、共有的，不待详谈。这里要谈的是陈老师一些自身表率和"谈言微中"的诱导情况。

陈老师对各班"国文"课一向不但是亲自过问，每年总还自己教一班课。各班的课本是统一的，选哪些作品，哪篇是为何而选，哪篇中讲什么要点，通过这篇要使学生受到哪方面的教育，都经过仔细考虑，并向任课的人加以说明。学年末全校的一年级"国文"课总是"会考"，由陈老师自己出题，统一评定分数。现在我才明白，这不但是学生的会考，也是教师们的会考。

我们这些教"国文"的教员，当然绝大多数是陈老师的学生或后辈，他经常要我们去见他。如果时间隔久了不去，他遇到就问："你忙什么呢？怎么好久没见？"见面后并不考察读什么书，写什么文等，总是在闲谈中抓住一两个小问题进行指点，指点的往往是因小见大。我们每见老师总有新鲜的收获，或发现自己的不足。

我很不用功，看书少，笔懒，发现不了问题，老师在谈话中遇到某些问题，也并不尽关史学方面的，总是细致地指出，这个问题可以从什么角度去研究探索，有什么题目可作，但不硬出题目，而是引导人发生兴趣。有时评论一篇作品或评论某一种书，说它有什么好处，但还有什么不足处，常说："我们今天来作，会比它要好。"说到这里就止住。好处在哪里？不足处在哪里？怎样作就比它好？如果我们不问，并不往下说。我就错过了许多次往下请教的机会。因为绝大多数是我没读过的书，或者没有兴趣的问题。假如听了之后随时请教，或回去赶紧补读，下次接着上次的问题尾巴再请教，岂不收获更多？当然我也不是没有继续请教过，最可悔恨的是请教过的比放过去的少得多！

　　陈老师的客厅、书房以及住室内，总挂些名人字画，最多的是清代学者的字，有时也挂些古代学者字迹的拓片。客厅案头或沙发前的桌上，总有些字画卷册或书籍，这常是宾主谈话的资料，也是对后学的教材。他曾用三十元买了一开章学诚的手札，在三十年代买清代学者手札墨迹，这是很高价钱了。但章学诚的字，写得非常拙劣，老师把它挂在那里，既备一家学者的笔迹，又常当做劣书的例子来警告我们。我们去了，老师常指着某件字画问："这个人你知道吗？"如果知道，并且还说得出一些有关的问题，老师必大为高兴，连带地引出关于这位学者和他的学问、著述种种评价和介绍。如果不知道，则又指引一点头绪后就不往下多说，例如说："他是一个史学家。"就完了。我们因自愧没趣，或者想知道个究竟，只好去查有关这个人的资料。明白了一些，下次再向老师表现一番，老师必很高兴。但又常在我的棱缝中再点一下，如果还知道，必大笑点头，我也像考了个满分，感觉自傲。如果词穷了，也必再告诉一点头绪，容回去再查。

老师最喜欢收学者的草稿，细细寻绎他们的修改过程。客厅桌上常摆着这类东西。当见我们看得发生兴趣时，便提出问题说："你说他为什么改那个字？"

老师常把自己研究的问题向我们说，什么问题，怎么研究起的。在我们的疑问中，如果有老师还没有想到的，必高兴地肯定我们的提问，然后再进一步地发挥给我们听。老师常说，一篇论文或专著，作完了不要忙着发表。好比刚蒸出的馒头，须要把热气放完了，才能去吃。蒸得透不透，熟不熟，才能知道。还常说，作品要给三类人看：一是水平高于自己的人；二是和自己平行的人；三是不如自己的人。因为这可以从不同角度得到反映，以便修改。所以老师的著作稿，我们也常以第三类读者的关系，而得到先睹。我们提出的意见或问题，当然并非全无启发性，但也有些是很可笑的。一次稿中引了两句诗，一位先生看了，误以为是长短二句散文，说稿上的断句有误。老师因而告诉我们要注意学诗，不可闹笑柄。但又郑重嘱咐我们，不要向那位先生说，并说将由自己劝他学诗。我们同从老师受业的人很多，但许多并非同校、同班，以下只好借用"同门"这个旧词。那么那位先生也可称为"同门"的。

老师常常驳斥我们说"不是""不对"，听着不免扫兴。但这种驳斥都是有代价的，当驳斥之后，必然使我们知道什么是"是"的，什么是"对"的。后来我们又常恐怕听不到这样的驳斥。

三、对中华民族历史文化的一片丹诚

历史证明，中国几千年来各地方的各民族从矛盾到交融，最后团结成为一体，构成了伟大的中华民族和它的灿烂文化。陈老师曾从一部分历史时期来论证这个问题，即是他精心而且得意的著作之一《元西域人华化考》。

在抗战时期，老师身处沦陷区中，和革命抗敌的后方完全隔绝，手无寸铁的老学者，发奋以教导学生为职志。环境日渐恶劣，生活日渐艰难，老师和几位志同道合的老先生著书、教书越发勤奋。学校经费不足，《辅仁学志》将要停刊，几位老先生相约在《学志》上发表文章，不收稿费。这时期他们发表的文章比收稿费时还要多。老师曾语重心长地说："从来敌人消灭一个民族，必从消灭它的民族历史文化着手。中华民族文化不被消灭，也是抗敌根本措施之一。"

辅仁大学是天主教的西洋教会所办的，当然是有传教的目的。陈老师的家庭是有基督教信仰的，他在二十年代做教育部次长时，因为在孔庙行礼迹近拜偶像，对"祀孔"典礼，曾"辞不预也"。但他对教会，则不言而喻是愿"自立"的。二十年代有些基督教会也曾经提出过"自立自养"，并曾进行过募捐。当时天主教会则未曾提过这个口号，这又岂是一位老学者所能独力实现的呢？于是老师不放过任何机会，大力向神甫们宣传中华民族文化，曾为他们讲佛教在中国所以能传播的原因。看当时的记录，并未谈佛教的思

想，而是列举中华民族的文化艺术对佛教存在有什么好处，可供天主教借鉴。吴历，号渔山，是清初时一位深通文学的大画家，他是第一个国产神甫，老师对他一再撰文表彰。又在旧恭王府花园建立"司铎书院"，专对年轻的中国神甫进行历史文化基本知识的教育。这个花园中有几棵西府海棠，从前每年花开时旧主人必宴客赋诗，老师这时也在这里宴客赋诗，以"司铎书院海棠"为题，自己也作了许多首。还让那些年轻神甫参加观光，意在造成中国司铎团体的名声。

这种种往事，有人不尽理解，以为陈老师"为人谋"了。若干年后，想起老师常常口诵《论语》中两句："施于有政，是亦为政。"才懂得他的"苦心孤诣"！还记得老师有一次和一位华籍大主教拍案争辩，成为全校震动的一件事情。辩的是什么，一直没有人知道。现在明白，辩的是什么，也就不问可知了。

一次我拿一卷友人收藏找我题跋的纳兰成德手札卷，去给老师看。说起成德的汉文化修养之高。我说："您作《元西域人华化考》举了若干人，如果我作'清东域人华化考'，成容若应该列在前茅。"老师指着我的题跋说："后边是启元伯。"相对大笑。中华民族的历史文化是民族的生命和灵魂，更是各兄弟民族团结融合的重要纽带，也是陈老师学术思想中的一个重要组成部分，甚至可以说是一个中心。

四、竭泽而渔地搜集材料

老师研究某一个问题，特别是作历史考证，最重视占有材料。所谓占有材料，并不是指专门挖掘什么新奇的材料，更不是主张找人所未见的什么珍秘材料，而是说要了解这一问题各个方面有关的材料。尽量搜集，加以考查。在人所共见的平凡书中，发现问题，提出见解。自己常说，在准备材料阶段，要"竭泽而渔"，意思即是要不漏掉每一条材料。至于用几条，怎么用，那是第二步的事。

问题来了，材料到哪里找？这是我最苦恼的事。而老师常常指出范围，上哪方面去查。我曾向老师问起："您能知道哪里有哪方面的材料，好比能知道某处陆地下面有伏流，刨开三尺，居然跳出鱼来，这是怎么回事？"后来逐渐知道老师有深广的知识面，不管多么大部头的书，他总要逐一过目。好比对于地理、地质、水道、动物等等调查档案都曾过目的人，哪里有伏流，哪里有鱼，总会掌握线索的。

他曾藏有三部佛教的《大藏经》和一部道教的《道藏经》，曾说笑话："唐三藏不稀奇，我有四藏。"这些"大块文章"老师都曾阅览过吗？我脑中时常泛出这种疑问。一次老师在古物陈列所发现了一部嘉兴地方刻的《大藏经》，立刻知道里边有哪些种是别处没有的，并且有什么用处。即带着人去抄出许多本，摘录若干条。怎么比较而知哪些种是别处没有的呢？当然熟悉目录是首要的，但仅仅查目录，怎能知道哪些有什么用处呢？我这才"考证"出老师藏的"四藏"并不是陈列品，而是都曾一一过目、心中有数的。

老师自己曾说年轻时看清代的《十朝圣训》《朱批谕旨》《上谕内阁》等书，把各书按条剪开，分类归并。称它为《柱下备忘录》。整理出的问题，即是已发表的《宁远堂丛录》。可惜只发表了几条，仅是全份分类材料的几百分之一。又曾说年轻时为应科举考试，把许多八股文的书全都拆开，逐篇看去，分出优劣等级，重新分册装订，以备精读或略读。后来还能背诵许多八股文的名篇给我们听。这种干法，有谁肯干！又有几人能做得到？

解放前，老师对于马列主义的书还未曾接触过。解放初，才找到大量的小册子，即不舍昼夜地看。眼睛不好，册上的字又很小，用放大镜照着一册册看。那时已是七十岁的老人了，结果累得大病一场，医生制止看书，这才暂停下来。

老师还极注意工具书，二十年代时《丛书子目索引》一类的书还没出版，老师带了一班学生，编了一套各种丛书的索引，这些册清稿，一直在自己书案旁边书架上，后来虽有出版的，自己还是习惯查这份稿本。

另外还有其他书籍，本身并非工具书，但由于善于利用，而收到工具书的效果。例如一次有人拿来一副王引之写的对联，是集唐人诗句。一句知道作者，一句不知道。老师走到藏书的房间，不久出来，说了作者是谁。大家都很惊奇地问怎么知道的，原来有一种小本子的书，叫《诗句题解汇编》，是把唐宋著名诗人的名作每句按韵分编，查者按某句末字所属的韵部去查即知。科举考试除了考八股文外，还考"试帖诗"。这种诗绝大多数是以一句古代诗为题，应考者要知道这句诗的作者和全诗的内容，然后才好着笔，这种小册子即是当时的"夹带"，也就是今天所谓的"小抄"。现在试帖诗没有人再作了，而这种"小抄"到了陈老师手中，却成了查古人诗句的索引。这不过是一个例，其余不难类推。

胸中先有鱼类分布的地图，同时烂绳破布又都可拿来作网，何患不能竭泽而渔呢？

五、一指的批评和一字的考证

老师在谈话时，时常风趣地用手向人一指。这无言的一指，有时是肯定的，有时是否定的。使被指者自己领会，得出结论。一位"同门"满脸连鬓胡须，又常懒得刮，老师曾明白告诉他，不刮属于不礼貌。并且上课也要整齐严肃，"不修边幅"去上课，给学生的印象不好，但这位"同门"还常常忘了刮。当忘刮胡子见到老师时，老师总是看看他的脸，用手一指，他便局蹐不安。有一次我们一同去见老师，快到门前了，忽然发觉没有刮胡子，便跑到附近一位"同门"的家中借刀具来刮。附近的这位"同门"的父亲，也是我们的一位师长，看见后说："你真成了子贡。"大家以为是说他算大师的门徒。这位老先生又说："入马厩而修容！"这个故事是这样：子贡去到一个贵人家，因为容貌不整洁，被守门人拦住，不许入门。子贡临时钻进门外的马棚"修容"。大家听了后一句无不大笑。这次这位"同门"才免于一指。

一次作司铎书院海棠诗，我用了"西府"一词，另一位"同门"说："恭王府当时称西府呀？"老师笑着用手一指，然后说："西府海棠啊！"这位"同门"说："我想远了。"又谈到当时的美术系主任溥忻先生，他在清代的封爵是"贝子"。我说："他是孛堇。"老师点点头。这位"同门"又说："什么孛堇？"老师不禁一愣，"哎"了一声，用手一指，没再说什么。我赶紧接着说："就是贝子，《金史》作孛堇。"这位"同门"研究史学，偶然忘了金源官职。老师这无言的一指，不啻开了一次"必读书目"。

老师读书，从来不放过一个字，作历史考证，有时一个很大的问题，都从一个字上突破、解决。以下举三个例。

北京图书馆影印一册于敏中的信札，都是从热河行宫寄给在北京的陆锡熊的。陆锡熊那时正在编辑《四库全书》，于的信札是指示编书问题的。全册各信札绝大部分只写日子，既少有月份，更没有年份。里边一札偶然记了大雨，老师即从它所在地区和下雨的情况勾稽得知是某年某月，因而解决了这批信札大部分写寄的时间，而为《四库全书》编辑经过和进程得到许多旁证资料。这是从一个"雨"字解决的。

又在考顺治是否真曾出家的问题时，在蒋良骐编的《东华录》中看到顺治卒后若干日内，称灵柩为"梓宫"，从某日以后称灵柩为"宝宫"，再印证其他资料，证明"梓宫"是指木制的棺材，"宝宫"是指"宝瓶"，即是骨灰坛。于是证明顺治是用火葬的。

清代《实录》屡经删削修改，蒋良骐在乾隆时所摘录的底本，还是没太删削的本子，还存留"宝宫"的字样。《实录》是官修的书，可见早期并没讳言火葬。这是从一个"宝"字解决的。

又当撰写纪念吴渔山的文章时，搜集了许多吴氏的书画影印本。老师对于画法的鉴定，未曾做专门研究，时常叫我去看。我虽曾学画，但那时鉴定能力还很幼稚，老师依然是垂询参考的。一次看到一册，画的水平不坏，题，"仿李营邱"，老师直截了当地告诉我说："这册是假的！"我赶紧问什么原因，老师详谈：孔子的名字，历代都不避讳，到了清代雍正四年，才下令避讳"丘"字，凡写"丘"字时，都加"邑"旁作"邱"，在这年以前，并没有把"孔丘""营丘"写成"孔邱""营邱"的。吴渔山卒于雍正以前，怎能预先避讳？我真奇怪，老师对历史事件连年份都记得这样清，提出这样快！在这问题上，当然和作《史讳举例》曾下的功夫有关，更重要的是亲手剪裁分类编订过那部《柱下备忘录》。所以清代史事，不难如数家珍，唾手而得。伪画的马脚，立刻揭露。这是从一个"邱"字解决的。

这类情况还多，凭此三例，也可以概见其余。

六、严格的文风和精密的逻辑

陈老师对于文风的要求，一向是极端严格的。字句的精简，逻辑的周密，从来一丝不苟。旧文风，散文多半是学"桐城派"，兼学些半骈半散的"公牍文"。遇到陈老师，却常被问得一无是处。怎样问？例如用些漂亮的语调，古奥的辞藻时，老师总问："这些怎么讲？"那些语调和辞藻当然不易明确翻成现在语言，答不出时，老师便说："那你为什么用它？"一次我用了"旧年"二字，是从唐人诗"江春入旧年"套用来的。老师问："旧年指什么？是旧历年，是去年，还是以往哪年？"我不能具体说，就被改了。老师说："桐城派做文章如果肯定一个人，必要否定一个人来做陪衬。语气总要摇曳多姿，其实里边有许多没用的话。"三十年代流行一种论文题目，像"某某作家及其作品"，老师见到我辈如果写出这类题目，必要把那个"其"字删去，宁可使念着不太顺嘴，也绝不容许多费一个字。陈老师的母亲去世，老师发讣闻，一般成例，孤哀子名下都写"泣血稽颡"，老师认为"血"字并不诚实，就把它去掉。在旧社会的"服制"上，什么"服"的亲属，名下写什么字样。"泣血稽颡"是比儿子较疏的亲属名下所用的，但老师宁可不合世俗旧服制的习惯用语，也不肯向人撒谎，说自己泣了血。

唐代刘知几作的《史通》，里边有一篇《点烦》，是举出前代文中啰唆的例子，把他所认为应删去的字用"点"标在旁边。流传的《史通》刻本，字旁的点都被刻板者省略，后世读者便无法看出刘知几要删去哪些字。刘氏的原则是删去没用的字，而语义毫无损伤、改变。并且只往下删，绝不增加任何一字。这种精神，是陈老师最为赞成的。屡次把这《点烦》篇中的例文印出来，让学生自己学着去删。结果常把有用的字删去，而留下的却是废字废话。老师的秘书都怕起草文件，常常为了一两字的推敲，能经历许多时间。

老师常说，人能在没有什么理由，没有什么具体事迹，也就是没有什么内容的条件下，作出一篇骈体文，但不能作出一篇散文。老师六十岁寿辰时，老师的几位老朋友领头送一堂寿屏，内容是要全面叙述老师在学术上的成就和贡献，但用什么文体呢？如果用散文，万一遇到措辞不恰当，不周延，不确切，挂在那里徒然使陈老师看着别扭，岂不反为不美？于是公推高步瀛先生用骈体文作寿序，请余嘉锡先生用隶书来写。陈老师得到这份贵重寿礼，极其满意。自己把它影印成一小册，送给朋友，认为这才不是空洞堆砌的骈文。还告诉我们，只有高先生那样富的学问和那样高的手笔，才能写出那样的骈文，不是初学的人所能"摇笔即来"的。才知老师并不是单纯反对骈体文，而是反对那种空洞无物的。

老师对于行文，最不喜"见下文"。说，先后次序，不可颠倒。前边没有说明，令读者等待看后边，那么前边说的话根据何在？又很不喜在自己文中加注释。说，正文原来就是说明问题的，为什么不在正文中即把问题说清楚？既有正文，再补以注释，就说明正文没说全或没说清。除了特定的规格、特定的条件必须用小注的形式外，应该锻炼在正文中就把应说的都说清。所以老师的著作中除《元典章校补》是随着《元典章》的体例有小注外，《元秘史译音用字考》在木板刻成后又发现应加的内容，不得已刓改板面，出现一段双行小字外，一般文中连加括弧的插话都不肯用，更不用说那些"注一""注二"的小注。但看那些一字一板的考据文章中，并没有使人觉得缺什么该交代的材料出处，因为已都消化在正文中了。另外，也不喜用删节号。认为引文不会抄全篇，当然都是删节的。不衔接的引文，应该分开引用。引诗如果仅三句有用，那不成联的单句必然另引，绝不使它成为瘸腿诗。

用比喻来说老师的考证文风，既像古代"老吏断狱"的爱书，又像现代科学发明的报告。

七、诗情和书趣

陈老师的考证文章，精密严格，世所习见。许多人有时发生错觉，以为这位史学家不解诗赋。这里先举一联来看："百年史学推瓯北，万首诗篇爱剑南"，这是老师带有"自况"性质的"宣言"，即以本联的对偶工巧，平仄和谐，已足看出是一位老行家。其实不难理解，曾经应过科举考试的人，这些基本训练，不可能不深厚的。曾详细教导我关于骈文中"仄顶仄，平顶平"等等韵律的规格，我作的那本《诗文声律论稿》中的论点，谁知道许多是这位庄严谨饬的史学考据家所传授的呢？

抗战前他曾说过，自己六十岁后，将卸去行政职务，用一段较长时间，补游未到的名山大川，丰富一下诗料，多积累一些作品，使诗集和文集分量相称。不料战争突起，都成了虚愿。

现在存留的诗稿有多少，我不知道，一时也无从寻找。最近只遇到《司铎书院海棠》诗的手稿残本绝句七首，摘录二首，以见一斑：

十年树木成诗谶，劝学深心仰万松。

今日海棠花独早，料因桃李与争秾。

自注：万松野人著《劝学罪言》，为今日司铎书院之先声。"十年树木"楹帖，今存书院。

功按：万松野人为英华先生的别号。先生字敛之，姓赫舍里氏，满族人，创"补仁社"，即是辅仁大学的前身。陈垣先生每谈到他时，总称他为"英老师"。

西堂曾作竹枝吟，玫瑰花开玛窦林。

幸有海棠能嗣响，会当击木震仁音。

自注：尤西堂《外图竹枝词》："阜成门外玫瑰发，杯酒还浇利泰西。""击木震仁惠之音"，见《景教碑》。

功按：利玛窦，明人以"泰西"作地望称之，又或称之为"利子"。《景教碑》即唐代《景教流行中国碑》，今在西安碑林。

又在一九六七年时，空气正紧张之际，我偷着去看老师，老师口诵他最近给一位朋友题什么图的诗共两首。我没有时间抄录，匆匆辞出，只记得老师手捋胡须念："老夫也是农家子，书屋于今号励耘。"抑扬的声调，至今如在。

清末学术界有一种风气，即经学讲《公羊》，书法学北碑。陈老师平生不讲经学，但偶然谈到经学问题时，还不免流露公羊学的观点；对于书法，则非常反对学北碑。理由是刀刃所刻的效果与毛笔所写的效果不同，勉强用毛锥去模拟刀刃的效果，必致矫揉造作，毫不自然。我有些首《论书绝句》，其中二首云："题记龙门字势雄，就中尤属《始平公》。学书别有观碑法，透过刀锋看笔锋。""少谈汉魏怕徒劳，简牍摩挲未几遭。岂独甘卑爱唐宋，半生师笔不师刀。"曾谬蒙朋友称赏，其实这只是陈老师艺术思想的韵语化罢了。

还有两件事可以看到老师对于书法的态度：有一位退位的大总统，好临《淳化阁帖》，笔法学包世臣。有人拿着他的字来问写得如何，老师答说写得好。问好在何处，回答是"连枣木纹都写出来了"。宋代刻《淳化阁帖》是用枣木板子，后世屡经翻刻，越发失真。可见老师不是对北碑有什么偏恶，对学翻版的《阁帖》，也同样不赞成的。另一事是解放前故宫博物院影印古代书画，常由一位院长题签，写得字体歪斜，看着不太美观。陈老师是博物院的理事，一次院中的工作人员拿来印本征求意见，老师说："你们的书签贴得好。"问好在何处，回答是："一揭便掉。"原来老师所存的故宫影印本上所贴的书签，都被揭掉了。

八、无价的奖金和宝贵的墨迹

辅仁大学有一位教授，在抗战胜利后出任北平市的某一局长，从辅仁的教师中找他的帮手，想让我去管一个科室。我去向陈老师请教，老师问："你母亲愿意不愿意？"我说："我母亲自己不懂得，教我请示老师。"又问："你自己觉得怎样？"我说："我'少无宦情'。"老师哈哈大笑说："既然你无宦情，我可以告诉你：学校送给你的是聘书，你是教师，是宾客；衙门发给你的是委任状，你是属员，是官吏。"我明白了，立刻告辞回来，用花笺纸写了一封信，表示感谢那位教授对我的重视，又婉言辞谢了他的委派。拿着这封信去请老师过目。老师看了没有别的话，只说："值三十元。"这"三十元"到了我的耳朵里，就不是银元，而是金元了。

一九六三年，我有一篇发表过的旧论文，由于读者反映较好，修改补充后，将由出版单位作专书出版，去请陈老师题签。老师非常高兴，问我："你曾有专书出版过吗？"我说："这是第一本。"又问了这册的一些方面后，忽然问我："你今年多大岁数了？"我说："五十一岁。"老师即历数戴东原只五十四，全谢山五十岁，然后说："你好好努力啊！"我突然听到这几句上言不搭下语而又比拟不恰的话，立刻懵住了，稍微一想，几乎掉下泪来。老人这时竟像一个小孩，看到自己浇过水的一棵小草，结了籽粒，便喊人来看，说要结桃李了。现在又过了十七年，我学无寸进，辜负了老师夸张性的鼓励。

陈老师对于作文史教育工作的后学，要求常常既广且严。他常说作文史工作必须懂诗文，懂金石，否则怎能广泛运用各方面的史料。又说作为一个学者必须能懂民族文化的各个方面；作为一个教育工作者，常识更须广博。还常说，字写不好，学问再大，也不免减色。一个教师板书写得难看，学生先看不起。

辑四 春风不改
旧时波

199

老师写信都用花笺纸，一笔似米芾又似董其昌的小行书，永远那么匀称，绝不潦草。看来每下笔时，都提防着人家收藏装裱。藏书上的眉批和学生作业上的批语字迹是一样的。黑板上的字，也是那样。板书每行四五字，绝不写到黑板下框处，怕后边坐的学生看不见。写哪些字，好像都曾计划过的，但我却不敢问："您的板书还打草稿吗？"后来无意中谈到"备课"问题，老师说："备课不但要准备教什么，还要思考怎样教。哪些话写黑板，哪些话不用写。易懂的写了是浪费，不易懂的不写则学生不明白。"啊！原来黑板写什么，怎样写，老师确是都经过考虑的。

老师在名人字画上写题跋，看去潇洒自然，毫不矜持费力，原来也一一精打细算，行款位置，都要恰当合适。给人写扇面，好写自己作的小条笔记，我就求写过两次，都写的小考证。写到最后，不多不少，加上年月款识、印章，真是天衣无缝。后来得知是先数好扇骨的行格，再算好文词的字数，哪行长，哪行短。看去一气呵成，谁知曾费如此匠心呢？

我在一九六四、一九六五年间，起草了一本小册子，带着稿子去请老师题签。这时老师已经病了，禁不得劳累。见我这一叠稿子，非看不可。但我知道他老人家如看完那几万字，身体必然支持不住，只好托词说还须修改，改后再拿来，先只留下书名。我心里知道老师以后恐连这样书签也不易多写了，但又难于先给自己订出题目，请老师预写。于是想出"启功丛稿"四字，准备将来作为"大题"，分别用在各篇名下。就说还有一本杂文，也求题签。老师这时已不太能多谈话，我就到旁的房间去坐。不多时间，秘书同志举着一叠墨笔写的小书签来了，我真喜出望外，怎能这样快呢？原来老师凡见到学生有一点点"成绩"，都是异常兴奋的。最痛心的是这个小册，从那年起，整整修改了十年，才得出版，而他老人家已不及见了！

现在我把回忆老师教导的千百分之一写出来，如果能对今后的教育工作者有所帮助，也算我报了师恩的千百分之一！我现在也将近七十岁了，记忆力锐减，但"学问门径""受用无穷""不对""不是""教师""官吏""三十元""五十岁"种种声音，却永远鲜明地在我的耳边。

老师逝世时，是一九七一年，那时还祸害横行，纵有千言万语，谁又敢见诸文字？当时私撰了一副挽联，曾向朋友述说，都劝我不要写出。现在补写在这里，以当"回向"吧！

依函丈卅九年，信有师生同父子；
刊习作二三册，痛余文字答陶甄！

一九八〇年六月十六日

启人
启事

○

启先生书法声名鹊起、风靡全国后，到处都是他的题字，机关、学校、商店、风景名胜，随处可见。有些很小的单位也找先生题名，以壮声威，假冒的题字也随之而来。然先生尝言："我最爱题的还是饭店、饭馆，总可以借机吃它一两顿。"又自叹道，"就差公厕没找我题字了。"

○

2004年年初，有人提议要搞兰亭书法节，并提出要写"续兰亭序"。很多人认为只有启先生能担当此任，便来找启先生。先生听说后谦逊地说道："对于《兰亭序》的一些问题，我们可以研究、讨论；但对王羲之的《兰亭序》，我们只有抱着仰慕、学习的态度。现在让我写个新兰亭序，这脸皮是不是太厚了，那是要被后人骂的呀！"

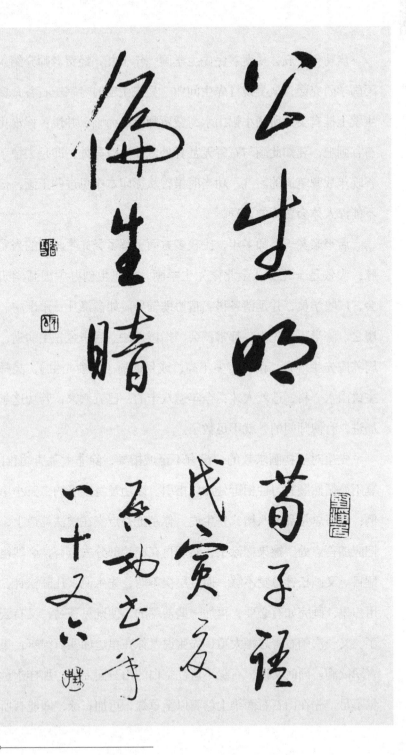

公生明 偏生暗 一九九八年作

忆先师吴镜汀先生

启功年十五，从贾羲民先生学画。年十九，经贾老师介绍入中国画学研究会，从吴镜汀先生问业。吴先生当时专宗王石谷，贾先生壁上挂有吴师所画小幅山水，蒙贾师手摘命临，并说：你没见过石谷画吧，要知此画与石谷无甚异处，如说有异处，即是去掉了石谷晚年战掣笔道的习气。功当时虽曾从影印本中见过些王画，但还不能深入体会贾师的训导。

后来亲炙于吴师多年，比较多方面了解了吴先生画诣的来龙去脉，大致是十几岁从金北楼先生学画。金先生创办中国画学研究会，广收学员，并延请各科名宿协助辅导。如俞涤凡、萧谦中、贺履之、陈半丁诸先生，都常莅会，指授六法。后来金先生病逝，由周养庵先生继办，诸名宿多年高，或且病逝（如俞先生），吴师遂主讲山水一科，造就人才，今年逾八十的，已五六家，若功这学不加进，有愧师门的，就不足数了。

先生对于持画求教的，没有不至诚指导，除非太荒唐幼稚的，莫不循循然顺其习性相近处加以指引。以功及身亲受的二三小事为例：点苔总是乱七八糟，先生说，你别把苔点点在皴法笔道上，先把应加苔点处，擦染糊涂了，然后再在糊涂部分去点苔，必然格外醒目。又画松针总觉不够，而且层次不明，先生说，凡画松针，都用焦墨，画完如有必要，再加一些淡墨的，便既见苍劲，又有云烟了。又一次画石青总嫌太重，先生说，你在里边加些石绿呀，果然青翠欲滴。同时又说，石绿不可往空白的山石面上涂，那样永远感觉不足，先在山石石面染上赭石以至草绿，再加石绿，即能有所衬托。诸如此类，不胜枚举。虽然可说属技法上的小节，但就是这类"小节"，你去问问手工艺人以及江湖画手，虽至亲好友，他肯轻易相告吗？

又在观看古代名画时，某件真假，先生指导，必定提出根据。画的重要关键处是笔法，各家都有各自的习惯特点。元明以来，流传的较多，比较常能看到。每见某件画是仿本时，先生指出后，听者如果不信，先生常常用笔在手边的乱纸上表演出来，某家的特点在哪里，而这件仿本不合处又在哪里，旁观者即使是未曾学画的人，也会啧啧称奇，感嘈叹服。

启人
启事

○

　　亲朋好友见到启先生总是关切地问："您最近身体如何？"先生常回答："鸟乎了。""何谓鸟乎？"先生则笑眯眯地答道："就是差一点就乌乎了！"

○

　　一次，启先生为别人题字后，照例落款、用章，不料钤印时颠倒了，旁观者无不惋惜，也不便请先生重写一幅，只好劝慰："没关系，没关系。"先生笑而不答，又拈起笔在钤印旁补上一行小字："小印颠倒，盖表对主人倾倒之意也。"于是举座重欢。

坦白胸襟禀品最高

神寒骨重墨弥酋

寨来文印小人千古

三十年前讀板橋

是鄭板橋書後一生

一九八一年重

啟功

题郑板桥书后　一九八一年作

从前社会上学技艺的人有一句名言："投师不如访友。"不难理解，"师道尊严"，"请教"容易，"探讨"不容易。其实在某些条件下，"请教"也不完全容易。老师没时间、不耐烦，老师对那个问题没兴趣，甚至没研究，怎能"请"得他的"教"呢！纯朋友又不然，"群居终日，言不及义"，乃至"博弈饮酒"，哪还有时间讨论技艺、学问呢！只有益友、畏友、可敬的朋友、可师的朋友，才可算是"不如访友"的友，也就是谊兼师友的友。

我在二十一二岁"初出茅庐"时，第一位相识的朋友是牟润孙先生，比我长四岁；第二位是台静农先生，比我长十岁。与牟先生在一起，也曾饮酒、谈笑，谁又知道，他在这种时候，也常谈学术问题。他从老师那里得来的只言片义，我正在不懂得，他甚至用村俗的比喻解剖一下，我便能豁然开朗。这是友呢，是师呢？台先生则不然。他的性格极平易，即在受到沉重打击之后，谈笑一如平常。宋朝范纯仁在被贬处见到客人来时，令仆人拿出两份被褥，他与客人对床而睡；明朝黄道周在逆境中不愿与客人谈话，便令客人下棋，客人不会，他说你就随便跟着我下棋子。不难比较，睡觉、下棋，多么粘滞；谈笑如常，又多么超脱！台先生对我也不是没有过有深意的指教，只是手段非常艺术。例如面对一本书、一首诗、一件书画等等，发出轻松的评论，当时听着还觉得"不过瘾"，日后回思，不但很中肯、很深刻，甚至是为我而发的耳提面命。以一些小事为例：

一次台先生自厦门回到当时北平接家眷，我在一个下午去看

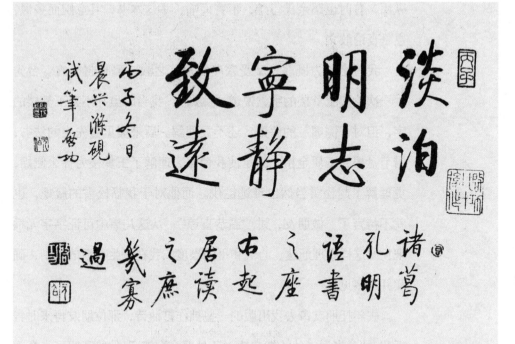

诸葛亮语——淡泊明志 宁静致远 一九九六年作

　　他，他正喝着红葡萄酒。这以前他并不多喝酒，更不在非饭时喝酒，我幼稚地问他怎么这时喝酒，他回答了两个"真实不虚"的字："麻醉"。谁不知道，酒是麻醉剂，但是今天我才懂得了，当我沉痛得失眠时，愈喝浓酒愈清醒。近年听说台老喝酒，愈喝愈烈，大概是"量逐年增"吧！

　　当年一次牟先生问台先生哪家散文好，台先生答是《板桥杂记》。清初，余淡心感念沧桑，寄情于"醇酒妇人"，牟先生盛年纵酒，有时也蹈余氏行踪，不言而喻，举这本书，其意婉而多讽，岂是真论散文。

我写字腕力既弱，又受宗老雪斋翁之教，摹临赵松雪。台先生一次论起王梦楼的字，说道"侧媚"，我当时虽并不喜王梦楼的字，但对"侧媚"的评语，还不太理解。后来屡见台先生的法书，错节盘根，玉质金相，固足使我惊服，理解了王梦楼为什么侧媚，更理解了赵松雪当然也难逃挞伐。而他对于我临松雪的箴规，也就不待言了。做朋友，讲"温恭直谅"，从这几事中可证字字无忝吧！像这样事理通达、心气和平的襟度，我在平生交游的人中，确实并不多见。

去年托朋友带去我出版的一些拙作打油诗，那位朋友再来时告诉我："台老说：他（指启功）还是那么淘气。"他给我写了一个手卷，临苏东坡的苏州寒食诗二首。

"自我来黄州，已过三寒食，年年欲惜春，春去不容惜……何殊病少年，病起头已白。""春江欲入户，雨势来不已，小屋如渔舟，濛濛水云里……那知是寒食，但感乌衔纸……也拟哭涂穷，死灰吹不起。"这是苏东坡，还是台龙坡？姑且不管，再看卷后还加跋说明，苏书真迹以重价归故宫收藏，所以喜而临写。我既笑且喜，赶紧好好装裱收藏，仿佛我比故宫还富了许多。

今年春天，台老托朋友带来他的论文集、法书集等三本书，都有亲笔题字，不是写"留念"，而都是写"永念"，字迹有些颤抖。我拿到不是三本书，而是三块石头。不久在香港好友家给他通了电话，他是在病榻上接的电话，但声音气力都很充沛，我那三块石头，才由心中落到地上。

我衷心祝愿龙坡翁疾病速愈，福寿绵长！

一九九〇年十月

启人启事

○

　　某天早上八点半，一位友人去启先生处，见先生坐在单人沙发上，正在吃早点，脚上没有穿袜子，脚腕显然有些肿。见友人进来，他慢慢举起手招呼。友人问先生的脚，先生说："发酵啦。"

○

　　某客人来到启功先生家拜访，进家落座后，先生照例礼让茶水。客人见先生年迈，为免劳顿，便紧张地客气道："您老别麻烦了，我出门不喝水的。"先生应声道："你这不是'进门'了吗？"客人顿感亲切。

新松千尺蓋青葱寄校仍留木鐸聲四

海齊元徒踐踏群賢教澤倍崢嶸屬耘遺

著今傳誦樂育高堂久得名遺此文追千百

載中華師範有殊榮

北京師範大學百年校慶

公元二千零二年啓功敬頌

中国幅员广大，世界闻名。长江、大河，自西东下，不但四岸的民命赖以生存，南北的文化教养，也获得无穷的滋长。

唐世藩镇割据，使得金瓯碎裂。北宋虽然部分统一，而又自制内部矛盾。同胞兄弟阋墙之后，夺位掌权的弟弟，把哥哥的子孙统统赶至江南，朝内失势的大臣，又都赶到更远的边境。从此造成数千年中国文化，盛于江南，成了八九百年的局势。到了清朝，正常科举之外，还一再地举行博学鸿词的特别科举，所取人才，更多是江南的文士。

赵朴翁生于皖江，长于沪、宁，又加天资颖悟，所谓渊综博达，亦出勤学，亦出天资。始到"立年"，即参加红十字会工作。这项工作，无疑是集中在扶生救死，奔走四方，对于体力锻炼、思想的仁慈，实是一种深刻的培养。那时有一急救对象，正处在困饿无援的境地，朴翁冒着生命的危险，把募来救济的粮食，送去救急。旁有关心的人士向年轻的朴翁提出警告，朴翁反问：你如见到你的同胞困饿将死，那应采取什么办法？是先问他的派别，还是先送去食品？由此不禁想到《论语》中孔子的弟子问孔子：如有"博施于民，而能济众"的人，算不算"仁"？孔子说：何止够"仁"，应该算"圣"，尧、舜恐怕都不易达到这种行为！又佛教传说中，有释迦牟尼自己割肉喂虎的故事。朴翁当然知道这类行为危险的程度，与割肉喂虎的传说相比可以说有过之而无不及！朴翁后半生更多地做佛教以及各宗教全体的统战工作，好像是一位彻头彻尾虔诚的佛教徒，哪知他的仁者胸怀，其来有自，宗教的表现，不过是仁者胸怀升华的一个支流罢了！

湖北蕲水陈家自秋舫殿撰（沆）以来，文风极盛。朴翁在沪上时常请教于殿撰诸孙曾字一辈的先德，尤其喜读《苍虬阁诗》。陈四先生（曾则）的女公子邦织女士，在家庭的影响下成长，又和朴翁结了婚，成为朴翁在新中国工作更加得力的帮手。

一九八三年我初次访问日本，谒见了宋之光大使，宋大使留我住在大使馆的宿舍。正在日本电视台上教中文的陈文芷女士，来到宿舍相访。文芷女士是邦织夫人的堂侄女，拿来朴翁吟诗的录音带给我听。她问我："你猜是谁的哪一首诗？"我说一定是"万幻惟余泪是真"那一首。文芷女士又惊又喜，说："你怎么猜得这么准？"我说："很简单。朴翁喜爱《苍虬阁诗》，《苍虬阁诗》中又以这'泪'的一首最为世所传诵。朴翁半生都是在'视民如伤'的心情下努力奔走的。请问朴翁选诗吟诵，不选这一首，又选哪一首呢？"这正如禅机心印，相对拍手大笑。

后来叶誉老的一部分书画文物捐给国家文物局，王冶秋局长拿到朴翁家中，也叫我去参加鉴定。朴翁对书画文物本是很内行的，却微笑地在旁看大家发表意见。这一批书画，本是誉老自己亲自收藏的明清人的精品，并没有次等作品。其中给我留下印象很深的一卷憨山大师的小行书长卷，中间有几处提到"达大师"，抬头提行写。我想这样尊敬的写法，如是称达观大师，他们相距不远，又不见得是传法的师弟关系；抬头一望朴翁，朴翁说："是达摩。"我真惊讶。一般内藏书中，对于佛祖称呼也并不如此尊敬抬头提行去写，不用说对达摩了。由此可见憨山在宗门中对祖师的尊敬，真是"造次必于是"的。我更惊讶的是，这一大包书画，朴翁并未见过，憨山的诗文集中也没见过这样写法，朴翁竟在随手批阅中，便知道憨山对祖师的敬意，这便不是偶然的事了。而朴翁乍见即知憨山心印，可证绝非掠影谈禅所能比拟的。

朴翁生活朴素，也不同于一般信士的长斋茹素。我曾侍于世俗宴会之上，但见朴翁自取所吃之菜，设宴的主人举出伊蒲之品，奉到朴翁坐前；表示迟奉的歉意，朴翁也就点头致谢，没有任何特殊的表示。这样生活，在饮食方面，我还见过叶誉虎先生。主人设宴，不知他茹素。誉翁只从盘边夹起蔬菜随便来吃。我与主人相熟，刚要向他提醒誉翁茹素，誉翁自己说："这是肉边菜。"及至主人拿来素菜，誉翁已吃饱了。这两位都过了九十余岁，二位虽然平生事业并不相同，但晚年在行云流水般的起居中安然撒手，在我这后学八十八岁的目中所见，除著名的宗门大隐外，还没遇到第三位！

我与朋友谈过朴翁素食的时间，我的朋友说一定是由于掌管佛教协会，才有这样的生活，但都不敢当面请教。一次，我因心脏病住进北医三院，小护士来从臂上取血，灌入试管，手摇不停。我问她为什么摇晃试管，她说："你还吃肥肉呢！血脂这么高，不摇动，它就凝固了。"正这时，见一位长者迈步进来，便说："你们吵什么？我吃了六十多年的素，血脂也并不低呀！"原来这位长者是赵朴翁。小护士拔腿跑了。我真是百感交集，我这小病，竟劳朴翁挂念，又遗憾那位朋友没得亲自听到这句"吃了六十多年素"。至今又是二十多年，朴翁因心脏衰竭病逝，并非因血脂高低影响生命。

朴翁寿近九十，常因保健住在北京医院。我有一天送我的习作装订本去求教，一进楼门，忽然打起喷嚏，我立刻决定写一个纸条，不敢上楼求见，谨将习作呈上，以求教正。后来虽有要去谒见的事，只要有感冒之类的病情，便求别人代达，不敢冒失去求见。今天朴翁仙逝，正赶上我患"带状疱疹"（俗名串腰龙），又无法出门往吊。回忆朴翁令人转赐问病，真自恨缘艰，欲哭无泪了！

朴翁逝后，一次和一位佛教界的同志谈起今后朴翁这个位置的接班人问题，我们共同猜度，许多方面，例如：宗教信仰，办事才干，社会名望，人品年龄等，都不会成为极大的问题，只有一端，即朴翁的平生志愿和历史威望，实在不易想出有谁能够密切合格。朴翁身居佛教的领导人，却不是出家的比丘；以佛教协会的会长，在政协的各宗教合成的一组中团结一致，一言九鼎，大家同存敬佩之心，而不是碍于什么情面。我和友人说到这里，共同击掌相问："你说有谁？"接着又共同长叹。至今半年有余的时间中，自恨无文，不能把这段思想综合起来，写成动人的韵语，敬悬在朴翁的纪念堂中，向全国人民表达我们的希望！

朴翁一生，从青年、中年到老年的心期和工作，无一处不是在"博施济众"的目的之下的，在先师孔子论"仁"的垂教中曾说：能做到这个地步的人，不只是一位仁人，而且够上圣人，并恐怕尧舜未必全能做到！我读了若干篇敬悼朴翁的文章，所见的回向赞语，真可谓应有尽有，而"博施济众"的"仁人之语"，所见还不太多。我又在朴翁的书房中见到"无尽意斋"的匾额，这虽是《金刚经》中的一个词，对一位具有仁心，还无尽意的朴老来说，岂非"尧舜其犹病诸"，难道还不够一位"仁者"吗！

二〇〇〇年

朱季潢先生

　　我的外祖家和朱先生的外祖家有着通家之谊，我母亲的伯祖（崇绮）是朱先生的外祖父（张仁黼）的科举座师。我的先母幼年和朱先生的母亲常在一起玩耍。两家小孩的一同玩耍的友谊是最坚固、最友好的。我在几十年前，曾登堂拜见过朱伯母，那天我最难过，忍着眼泪，没敢掉出来，因为我的先母已久去世了。

　　朱先生早年在辅仁大学国文系读书，多才多艺。能文，是文笔流畅；能武，是能演武生戏。从前许多文人都爱唱票戏，唱老生的多，唱旦角的少，唱武生的要武术的基本功，所以，票友多不曾学过武术，也不敢擅动武生戏。

　　辅仁大学的文学院院长是沈兼士先生。沈先生是章太炎先生的门生，音韵学的专家，朱先生选修沈先生的课，这门功课，选修的人不多，因为太难。而朱先生却注意学习，我们觉得很奇怪，后来才明白，朱先生在上大学时，已酷爱京剧，专习武生。唱京戏讲究念白，有许多字都与古音韵有关，如何才能念对了使戏剧内行同意，也使音韵学家认可，恐怕票友中被尊为"好老"的"红豆馆主"（溥侗）也未必精通。而朱先生却能明白古今音理的变通，这中间的奥秘，恐怕多少"内外行"未必说得透。

　　有一年，故宫在神武门城楼上辟为剧场，由博物院中的同人来演戏，朱先生主演《摘缨会》，那个武生的"短打"，边舞边唱，见真功夫。朱先生"举重若轻"地演了一场，观者满堂喝彩！这应不是任何武生票友都能演的，而是有短打武功的真实本领。

　　朱先生的舅父张效彬先生，是一位收藏家，金石、书画、碑帖

219

无所不收，也无所不懂。由于收藏金石、碑帖，编了一部汉文字的书。这是汉字自古至今的总汇，用的资料全是张老先生自家的收藏，老先生把说明文字的任务交给了朱先生，朱先生举重若轻，看了全稿，因为朱老先生（文钧）也是一位金石家，收藏了许多碑帖（后来都捐献故宫了），所以朱先生对于金石文字，并非外行，可惜的是朱先生的这位老舅父做过驻苏联的二等领事，在"文化大革命"中去世，那本汉字稿本，也不知去向了。

朱先生的夫人是清代一位蒙古族的大学士（宰相）荣华卿（庆）的女儿，朱夫人的哥哥是一位旗下人的藏书世家，朱先生的祖父也是清代的一位中堂，所以他对于清代官僚的生活、规矩是很了解的。到了故宫，分配他管过图书，管过"宫史"，他都不外行，所以他写了许多书，大家读了都奇怪，说他怎么这些方面都能说得出，说得透，实在并不奇怪呀！

现在朱先生已经千古了，我们在悲哀中也感到安慰，悲哀是人情，安慰是理智，朱先生的一生是有价值的！

二〇〇三年十月

说到做人和治学，这是作为教师的必备条件。我想从钟敬文先生说起，他可以说是这方面的表率。他说过："有些导师……缺乏崇高的理想，缺乏拼命干社会主义事业的精神；有的只想多弄点钱，到社会上去兼职；挂了导师的名却不能尽到导师的责任。这样的导师，是很难带出德才兼备的学生来的。"他不仅是这么说，也是这么做的，我从心眼里尊敬、佩服他。

二十年代他在岭南大学工作、学习之余，就到图书馆整理民俗文献，研究民间文化。后转到中山大学，协助顾颉刚先生等建立了我国第一个民俗学研究组织——民俗学会。当时反动政府认为他是左派，黑名单上有他，要捉拿他，学校保守势力解除了他的教职。那时他们夫妻俩已有了儿子钟少华，他拉家带口逃跑了，没钱就把身上的衣服卖掉，日子很艰难。三十年代他们夫妻一起到日本留学，研修神话学、民俗学，钟先生在日本撰写发表的《民间文艺学建设》一文，首次提出建立独立的民间文艺学的问题。一九三六年回国后，钟先生继续从事教学，从事他所喜爱的民间文学、民俗学的研究。一九四七年因思想"左倾"，他又被校方解职了，去了香港。一九四九年，他们夫妻和在香港的一大批文化界人士回到北京。钟先生接受时任北京师范大学校务委员会主任黎锦熙先生的聘请，在师大任教，讲授民间文学。一九五六年毛泽东提出了"百花齐放，百家争鸣"，没想到好景不长，政治形势发生了急剧的变化，钟先生和我们几个都成了"反党反社会主义""向党猖狂进攻"的右派分子。那时我们被"专政"，同在一屋，经常遭到批判，口诛笔伐，这个单位批一回，那个单位批一回。现在想起那个时候仍很紧张，没法再研究学术了。虽然处于困境，钟先生却没有放松对学问的追求，也没有减少对工作的热情。后来，"文化大革命"结束，终于可以给学生们上课了。钟先生为恢复民俗学的学术地位呼吁奔走，邀约著名学者，建立起全国性的民俗学学术机构——中国民俗学会，他当选为理事长。

他非常重视民间文学与民俗学的教学科研工作，为了推进学科建设，他提了很多建设性意见，几次组织全国高校教师编写教材，多次举办讲习班及高级研讨班。他领导的民间文学的学科点，经过几年的努力，已经成为国家的重点学科；他主持的几项教学改革项目也多次获奖。

对民俗学、民间文学，我不懂，我曾打"皮薄皮厚"这样一个比方。什么叫"皮薄"呢？比如京剧《空城计》诸葛亮唱的"我本是卧龙岗散淡的人"，一听就明白；又比如清代的《子第书》，一唱就能懂，我想这就是"皮薄"，就是民间文学。什么叫"皮厚"呢？像昆曲，好听，却不容易听懂，《西厢记》中张生唱的"梵王宫殿月轮高，碧琉璃瑞烟笼罩"，还得让人讲解才明白的就是"皮厚"，就不是民间文学。我把我的理解说给钟先生，他说是这样的。他是我国民俗学、民间文艺学的领路人，是将学术"平民化"的倡导者。

在过去，民俗是很不起眼的学科，需要学者深入到人民的生活中进行考证，钟先生志存高远，对他所从事的民间文艺建设、民族文化的研究至死都是很爱的，很忘情，很执著，直到百岁仍然筹划着民俗学学科建设的大事，在临终前的几个小时还在为"我有好多事没做"而遗憾。

对传道、授业、解惑的教师职责，他是很看重的，兢兢业业；在对人才的培养上，他把人品作为第一标准，其次才是学问，所以他对学生的道德品质要求很严格。他针对民俗学学生来源不同学科，程度也不一样的实际情况，区别对待，为他们制定不同的培养方案和要求。看到学生的论文受到学界好评，有的还获得全国性学术著作奖，他就特别高兴。他对学生谁学得好，谁学得不好，心里记得特别清楚，该给谁谁谁、某某某评什么奖金或什么职称，他就给系里打电话提建议，从不因这个人由于别人对他有看法就不管他。临终前他还在为一个学生争奖学金。他始终在关心、重视他的学生的前途。

钟先生百岁高龄仍坚持亲自给学生上课，在他生命的最后，即使住进医院，他还时时给家给学校打电话，安排教学，挂念着科研工作，嘱咐教研室的老师代他为新来的博士生开设民俗学史课程，先后约见十几个学生到他病房汇报学习情况，他就坐在医院里的沙发上给学生讲课，听学生的开题报告。有一天，我去医院看他，他坐在轮椅上，正给学生讲课呢。到医院去的学生很多，他一个一个地进行辅导，不厌其烦。这可是生死关头哇，真如古书上所说：敬业乐群，不辞辛苦。

他的旧诗做得好，很在行。他曾对我说："咱们两人开个课，叫做学旧诗。你干不干？"我说："我不干。"他问："为什么？"我说："学生的习作肯定都得到我这儿。俗话说，'富于千篇，穷于一字'，现在的学生平仄都不知，咱们得费多大劲呵。"可他有兴趣，有热情，正可谓"老不歇心"。

他是民俗学的学科带头人，总在不断地吸取新的知识，不断地充实自己。他说："我作为研究生的导师，感到自己的不足，有点苦恼，不时心里嘀嘀咕咕。导师在学问上、思想上应当不断前进，我深知自己的精力已经不很充沛，根本改变这种状况已不可能。年纪大了，进步慢，但不能放弃追求，降低标准。"他的一生都在忙，忙着读书，忙着研究，忙着教学，晚年他虽受到年龄局限，仍对自己丝毫不放松，始终抓得很紧。比如，他每天早上五点多就起来在校园里遛弯儿，提着手杖，急匆匆地向前走，有时后面还跟着好几个老头儿老太太，有人把这说成是学校的一个景点。比如，他临终前还编辑出版了反映他一些重要的和有代表性思想与活动的集子，就是那本我给他题写书签的《婪尾集》。婪尾，就是表示已经到生命的尾巴了，他还用功呢。比如，他对待讲课，很认真，认为不能白挣奖金，不能对不起增加的工资。这好像很庸俗，却反映了他的品德，他的做人。

钟先生的百年之旅不仅创造了生命的奇迹，而且以其对民族文化的挚爱，对学问的虔诚以及其道德品性给后人树立了典范。回想，中文系定于二〇〇二年一月三日在友谊医院给钟先生过百岁生日，他吃着祝寿的蛋糕，还对大家说：我要养好身体，回去讲课。

仅隔一个星期，二〇〇二年一月十日，他就走了，走完了他的一生。我送他"早辑风谣，晚逢更化，盛世优贤诗叟寿；独成绝诣，广育英才，髦年讲学祖师尊"。这是他一生留给我的印象，也是我对他做人和治学的敬仰！

（二〇〇二年李书整理）

在中华书局时期虽然政治上比较宽松，使我得到暂时的缓解和喘息，但另一种难以抗拒的灾难又降临到我的头上。这就是我老伴的生病与去世。

我的老伴叫章宝琛，比我大两岁，也是满人，属"章佳氏"，二十三岁时和我结婚，我习惯地叫她姐姐。我们属于典型的先结婚后恋爱的夫妻，婚后感情十分好。她十分贤惠，不但对我体贴入微，而且对我的母亲也十分孝敬，关系处得十分融洽。我曾在纪念她的组诗《痛心篇》二十首中用两首最直白，但又是最真切的五言绝句这样记录我们之间的亲切感情：

结婚四十年，从来无吵闹。
白头老夫妻，相爱如年少。

先母抚孤儿，备历辛与苦。
曾闻与妇言，似我亲生女。

到我这一辈，我家已没有任何积蓄，自从结婚后，就靠我微薄的薪水维持生活。特别是前几年，我的工作非常不稳定，几入几出辅仁大学，几乎处于半失业的状态。我的妻子面临着生活的艰辛，没有任何埋怨和牢骚。她自己省吃俭用，有点好吃的，自己从不舍得吃，总要留给母亲、姑姑和我吃，能自己缝制的衣服一定自己动手，为的是尽量节省一些钱，不但要把一家日常的开销都计划好，还要为我留下特殊的需要：买书和一些我特别喜欢又不是太贵的书画。我在《痛心篇》中这样写道：

> 我饭美且精，你衣缝又补。
> 我剩钱买书，你甘心吃苦。

特别令我感动的是，我母亲和姑姑在1957年相继病倒并去世，那时政治气候相当紧张，为了应付政治运动，我不得不把大部分精力投入到社会活动中，重病的母亲和姑姑几乎就靠我妻子一个人来照顾。那时的生活条件又不好，重活脏活、端屎端尿都落在她一人身上，如果只熬几天还好办，但她是成年累月地忙碌。看着她日益消瘦的身体，我心痛至极，直到送终发丧，才稍微松了一口气。我没有别的能感谢她，只好请她坐在椅子上，恭恭敬敬地叫她一声"姐姐"，给她磕一个头。

她不但在日常生活中百般体贴我，还能在精神上理解我。我在辅仁大学美术系教书和后来教大一国文时，班上有很多女学生，自然会和她们有一些交往，那时又兴师生恋，于是难免有些传闻。但我心里非常清醒，能够把握住分寸，从来没有任何超越雷池的举动。那时有一个时兴的词，形容男女作风不正常地过于亲昵叫"吊膀子"，我可绝没有和任何女生吊过膀子，更不敢像某前辈大师那样"钦点"手下的女学生：据说有一回，一些弟子向这位前辈大师行磕头礼，正式拜他为师学画。他看到其中有一个他喜欢的女学生，就对她说："你就不用磕头了。"这位女学生心领神会，后来就嫁给了他。我可没这么大的谱。但某些风言风语也难免不传到我妻子的耳中，但她从来都很理解我，绝不会向我刨根问底，更不会和我大吵大闹，她相信我。如果有人再向她没完没了地嚼舌，她甚至这样回答他："我没能替元白生育一男半女，我对不住他。如果谁能替他生育，我还要感谢她，一定会把孩子当亲生的子女一样。"她就是这样善良，使嚼舌的人听了都感动，更不用说我了，我怎么能做任何对不起她的事呢？

她不但在感情生活上理解我，在政治生活上也支持我。按理说，她一生都是家庭妇女，哪里谈得上什么政治，但架不住在政治运动不断的年代，她不找政治，政治却要找她。先是我在1958年被打成右派，接着在20世纪六七十年代"文化大革命"中又被打成"准牛鬼蛇神"，她也有委屈的时候，但在我的劝导下，她也想开了，不但对我没有任何的埋怨，而且铁定决心和我一起共度那漫漫长夜，一起煎熬那艰苦岁月，还反过来劝慰我放宽心，保重身体，"留得青山在，不怕没柴烧"。我不知这是不是叫逆来顺受，但我却知道这忍耐的背后，却体现了她甘于吃苦、坚忍不拔的刚毅和勇气。她不但有这种毅力和精神，而且相当有胆识和魄力，在"文化大革命"随时可能引火烧身的情况下，一般人惟恐避之不远，能烧的烧，能毁的毁，我不是也把宗人府的诰封烧了吗？但她却把我的大部分手稿都保存了下来，她知道这是我的生命，比什么东西都值钱。后来我有一组《自题画册十二首》的诗，诗前小序记载的就是这种情况："旧作小册，浩劫中先妻裮其装池题字，裹而藏之。丧后始见于箧底，重装再题。"她把我旧作的封面撕下卷成一卷，和其他东西裹在一起，躲过浩劫。受她的启发，我把在"文化大革命"中起草的《诗文声律论稿》偷偷地用蝇头小楷抄在最薄的油纸上，一旦形势紧张，就好把它卷成最小的纸卷藏起来。幸好这部著作的底稿也保存了下来。"文化大革命"之后，当我打开箱底，重新见到妻子为我保留下来的底稿时，真有劫后重逢之感。要不是我妻子的勇敢，我这些旧作早就化为灰烬了。所以我们称得上是真正的患难夫妻，在她生前我们一路搀扶着经历了四十年的风风雨雨，正像《痛心篇》中所说的：

相依四十年，半贫半多病。

虽然两个人，只有一条命。

但不幸的是她身体不好，没能和我一起挺过漫漫长夜，迎来光明。她先是在1971年患严重的黄疸性肝炎，几乎病死，幸亏后来多方抢救，使用了大量的激素药物才得以暂时渡过难关。在她病重时我想到了我们俩的归宿，我甚至想，不管是谁，也许死在前面的倒是幸运。但不管怎样，我们俩将来仍会重聚：

今日你先死，此事坏亦好。

免得我死时，把你急坏了。

枯骨八宝山，孤魂小乘巷。

你且待两年，咱们一处葬。

后来她的病情出现转机，我不断地为她祈祷祝福：

强地松激素，居然救命星。

肝炎黄胆病，起死得回生。

愁苦诗常易，欢愉语莫工。

老妻真病愈，高唱乐无穷。

到了秋天她的病真的好了，我把这些诗读给她，我们俩真是且哭且笑。

但到了1975年，老伴旧病复发，身体状况急剧下降，我急忙把她再次送到北大医院，看着她痛苦的样子，我预感到她可能不久于人世，所以格外珍惜这段时光：

老妻病榻苦呻吟，寸截回肠粉碎心。

四十二年轻易过，如今始解惜分阴。

那时我正在中华书局点校"二十四史"中的《清史稿》，当时是对我高度信任才让我从事这项工作，我自然不敢辞去工作，专门照顾老伴。所幸中华书局当时位于灯市西口，与北大医院相距不远。为了既不耽误上班，又能更好地照顾她，我白天请了一个看护，晚上就在她病床边搭几把椅子，睡在她旁边，直到第二天早上看护来接班。直到现在我还非常感激这个看护，很想再找到她，但一直没联系上。就这样一直熬了三个多月，我也消磨得够呛，她虽然命若游丝，希望我能陪伴她度过仅有的时光，但还挂念着我的身体，生怕把我累坏，不止一次地对我和别人说：

妇病已经难保，气弱如丝微袅。
执我手腕低言："把你折腾瘦了。"

"把你折腾瘦了，看你实在可怜。
快去好好休息，又愿在我身边。"

病床盼得表姑来，执手叮咛托几回。
"为我殷勤劝元白，教他不要太悲哀。"

到后来她经常说胡话，有一次说到"阿玛（满族人管父亲称阿玛）刚才来到"。我便想只要她能在我身边说话，哪怕是胡话也好：

明知呓语无凭，亦愿先人有灵。

但使天天梦呓，岂非死者犹生。

在她弥留之际，我为她翻找准备入殓的衣服，却只见她平时为我精心缝制的棉衣，而她自己的衣服都是缝缝补补的：

为我亲缝缎袄新，尚嫌丝絮不周身。
备他小殓搜箱箧，惊见衷衣补绽匀。

她最终永远离开了我。我感谢了前来慰问的人，对他们说我想单独和她再待一会儿。当病房里只剩下我们这一生一死两个人的时候，我把房门关紧，绕着她的遗体亲自为她念了好多遍"往生咒"。当年我母亲去世时，我也亲自给她念过经，感谢她孤独一人茹苦含辛地生我、抚我、养我、鞠我。当时的形势还不像"文化大革命"时那样紧张。而"文化大革命"闹得最厉害的就是"破四旧"，别人如果知道我还在为死者念经，肯定又会惹出大麻烦，但我只能借助这种方式来表达和寄托我对她的哀思。这能说是迷信吗？如果非要这样说，我也顾不得那么多了，我只能凭借这来送她一程，希望她能往生净土，享受一个美好幸福的来世，因为她今生今世跟我受尽了苦，没有享过一天福，哪怕是现在看来极普通的要求都没有实现。我把我的歉疚、祝愿、信念都寄托在这声声经诵中了。

她撒手人寰后，我经常在梦中追随她的身影，也经常彻夜难眠。我深信灵魂，而我所说的灵魂更多的是指一种情感，一种心灵的感应，我相信它可以永存在冥冥之中：

梦里分明笑语长，醒来号痛卧空床。

鳏鱼岂爱常开眼，为怕深宵出睡乡。

君今撒手一身轻，剩我拖泥带水行。

不管灵魂有无有，此心终不负双星。

老伴去世后不久，"文化大革命"就结束了。我的境况逐渐好了起来，用俗话说是"名利双收"，但我可怜的老伴再也不能和我分享事业上的成功以及生活上的改善了。她和我有难同当了，但永远不能和我有福同享了。有时我挣来钱一点愉快的心情都没有，心里空落落的，简直不知是为谁挣的；有时别人好意邀请我参加一些轻松愉快的活动，但一想起只剩下我一个人了，就一点心情都没有了：

钞币倾来片片真，未亡人用不须焚。

一家数米担忧惯，此日摊钱却厌频。

酒酽花浓行已老，天高地厚报无门。

吟成七字谁相和，付与寒空雁一群。

（《夜中不寐，倾箧数钱有作》）

先母晚多病，高楼难再登。

先妻值贫困，佳景未一经。

今友邀我游，婉谢力不胜。

风物每入眼，凄恻偷吞声。

（《古诗四十首》十一）

我把先妻的镜奁作为永久的纪念珍藏着，经常对镜长吟：

岁华五易又如今，病榻徒劳惜寸阴。

稍慰别来无大过，失惊俸入有余金。

江河血泪风霜骨，贫贱夫妻患难心。

尘土镜奁谁误启，满头白发一沉吟。

（《见镜一首。时庚申上元，先妻逝世将届五周矣》）

凋零镜匣忍重开，一闭何殊昨夕才。

照我孤魂无赖往，念君八识几番来。

绵绵青草回泉路，寸寸枯肠入酒杯。

莫拂十年尘土厚，千重梦影此中埋。

（《镜尘一首，先妻逝世已逾九年矣》）

"昔日戏言身后事，今朝都到眼前来。"当年我和妻子曾戏言如果一人死后另一人会怎样？她说如果她先死，剩下我一人，我一定会在大家的撺掇下娶一个后老伴的，我说绝不会。果然先妻逝世后，周围的好心人，包括我的亲属，都劝我再找一个后老伴。我的大内侄女甚至说："有一个最合适，她是三姑父的学生，她死去的老伴又是三姑父最要好的朋友，又一直有书信来往，关系挺密切，不是很好吗？"确实，从年轻时我们就有交谊，但这不意味着适合婚姻。还有人给我说合著名的曲艺艺人，我也委婉地回绝了，我说："您看我这儿每天人来人往的，都成了接待站了，再来一帮梨园行的，每天在这儿又说又唱的，还不得炸了窝？日子过起来岂不更不安生？"还有自告奋勇、自荐枕席的，其牺牲精神令我感动，但那毕竟不现实。所以我宁愿一个人，也许正应了元稹的两句诗："曾经沧海难为水，除却巫山不是云。"

到1989年冬，离先妻去世已十四年了，我又因心脏病发作住进北大医院，再次面临死亡考验。在别人都围着我的病床为我担心的时候，我忽然又想起了当年和老伴设赌的事，我觉得毫无疑问，是我赢了。于是写了一首《赌赢歌》，这在我的诗集中体例也是很特殊的一首，颇像大鼓书的鼓词儿，一开始说：

老妻昔日与我戏言身后况，自称她死一定有人为我找对

象。

我笑老朽如斯那会有人傻且疯，妻言你如不信可以赌下输赢

账。

⋯⋯⋯⋯

接下来写家人朋友如何为我"找对象"，其中两句说别人都是好心劝我找个"伴"，我却怕找不着伴，倒找了个"绊"：

劝言且理庖厨职同佣保相扶相伴又何妨？

再答伴字人旁如果成丝只堪绊脚不堪扶头我公是否能保障？

最后写到在鬼门关前证明还是我赢了，为此我不但不害怕，而且发出胜利的笑声：

忽然眉开眼笑竟使医护人员尽吃惊，以为鬼门关前阎罗特赦将我放。

宋人诗云时人不识余心乐，却非傍柳随花偷学少年情跌宕。

床边诸人疑团莫释误谓神经错乱问因由，郑重宣称前赌今赢足使老妻亲笔勾销当年自诩铁固山坚的军令状。

就这样我孤单一人生活到现在，感谢我的内侄一家精心照料我的生活。